志駕晃
Akira Shiga
そしてあなたも騙される
幻冬舎

そしてあなたも騙される

装幀　坂野公一（welle design）
写真　Adobe Stock

目次

騙される人　6
騙す人　140

◇

「当店のアプリか、ポイントカードはお持ちですか」

顔色の悪い女性のコンビニ店員に訊ねられた。

「いいえ、持っていません」

岬《みさき》がそう答えると、店員はレジ台に載せたハーゲンダッツのクリスピーサンドのバーコードをスキャンする。

「三二五円です」

一週間授業を真面目に受けたご褒美として、金曜日の夕方にこのアイスを食べるのが岬の最大の贅沢だ。

「岬って、ポイント貯めてないの」

クリスピーサンドに齧《かじ》り付くと、髪を金色に染めたクラスメートの瞳《ひとみ》に不思議そうな顔をされた。

「うん。瞳は貯めてるの？」

「当たり前じゃない。だってもったいなくない？」

コンビニで会計するたびに、ちょっと損をしているような気分がしていたので、瞳のその言葉は気になった。

「そうなのかな。だって面倒くさいし、どこで作ったらいいかわからないし」

「ネットで簡単に作れるよ。ポイントが貯まればそれで買い物もできるし、絶対に作った方がいいよ」

瞳は自分のポイントカードを見せてそう言った。

「このカードにはクレジット機能もついてて、現金がなくても買い物ができるから便利だよ」

財布の中身が少ない時に、急な出費があると冷や冷やした。クレジットカードがあれば安心なのは間違いない。

「でも審査が厳しいんじゃないの」

高校を卒業した時にクレジットカードが欲しいと思ったけれども、学生では審査が通らないと聞いていた。

「そうかな。同じ専門生の私が大丈夫だったんだから、岬が駄目ってことはないと思うけど」

騙される人

一

沼尻貴代《ぬまじりたかよ》様

　あなたが入居している金山ハイツ一〇四号室の家賃等が、再三の督促にもかかわらず未だに支払われていません。滞納した家賃、延滞利息、督促手数料の合計は一九万六〇〇〇円ですので、その全額を最終催告期限である今月末日までに、下記へお支払いください。なおこの最終催告に応じられない場合は、住宅の明け渡し及び滞納家賃等の支払いを求める訴訟を裁判所に提起します。

昨日、ポストに入っていた督促状を読み返して、私は不安で胸が押し潰されそうになった。不動産屋から何度か電話が掛かってきていて、このまま家賃を滞納し続けると法的な手段に出ると言われてはいたけれど、我が家の実情を説明して頼み込めば何とかなるのではと思っていた。

「行ってきまーす」

屈託のない彩奈《あやな》の声に我に返る。

私は小学二年生の彩奈と二人で、足立区の小さなアパートで暮らしている。築三〇年以上のボロアパートで、脱衣所の床がギシギシと音をたて、大きな地震が起こったら簡単に潰れてしまいそうだ。洗濯機は洗うたびに排水ホースを繋がなければならないし、しかも今時珍しい和式トイレで不満は山のようにあるけれども、その代わり家賃は格安だった。

「行ってらっしゃい。車に気を付けてね」

駆けだしていった小さな背中に声を掛ける。

角を曲がって彩奈の背中が見えなくなると、すぐに督促状のことを思い出す。

裁判所という言葉が怖かった。

こちらが一方的に悪いのだから、訴えられたら勝てる見込みは微塵もない。このままだと、新しく住むところを探さなければならない。しかし今の家賃を払えないぐらいなので、引っ越しの費用はもちろん、新しくアパートを借りる敷金も礼金もない。ここから追い出された瞬間に、親子二人で路頭に迷ってしまうだろう。

何としても月末までに、一九万六〇〇〇円を用意しなければならない。だけど銀行口座の残高は限りなくゼロに近く、お金になりそうなものは既に全て売ってしまった。カボチャのイラストが描かれたカレンダーに目をやると、今月はもう、あと一〇日しか残されていなかった。

ごく簡単な化粧をして、ユニクロで買ったフリースとジーンズを着て家を出た。

最寄り駅にも消費者金融の小さなお店があったけれども、知り合いに見られたくなかったので、わざわざ電車賃をかけて新橋まで出てきた。サラリーマンが多いこの駅には、大手消費者金融や街金の看板があちらこちらで目についた。駅前の雑居ビルには、テレビＣＭでよく見る消費者金融の看板が各階ごとに並んでいた。

エレベーターに乗って、目指すべき階のボタンを押した。

東京に出てきてからお金の苦労が絶えることはなかったけれども、消費者金融に頼ったことは一度もなかった。ネットで調べてみたら、私の去年の年収で五〇万円ぐらいまでは借りられるはずだった。免許証と公共料金の領収書、そして念のために去年の源泉徴収票もバッグの中に用意してある。

エレベーターを降りるとすぐに消費者金融店の入り口が見えた。制服を着た店員が自動ドアの向こう側でお辞儀をする銀行のようなエントランスをイメージしていたのだが、小さな手動のドアがあるだけのこぢんまりとしたところだった。しかもドアが閉まっていて、一瞬休みなのかと思ってしまった。

暫く店の前で躊躇《ちゅうちょ》していたけれども、思い切ってドアノブを回すと手に軽い感触を残してドアが開いた。

『いらっしゃいませ。少々、お待ちください』

店内に入ると、スピーカーから女性のアナウンスが聞こえてきた。

ここは無人店舗で、幸か不幸か私以外の客はいなかった。正面にブースが二つあり、右手に銀行のATMのような機械が見える。既にカードを持っている人は、それで現金を借りることができるようだ。

正面のブースは私のような新規客のためだと察しがついた。完全な個室になっていて、人目を気にせずお金を借りられるように配慮されていた。

『ブース内にお進みください』

またしても女性のアナウンスが聞こえてきた。

店員の姿は見えないけれど、天井の監視カメラがじっと私を見ているような気がして落ち着かない。ぐずぐずしているとまた何か言われてしまうと思い、私は慌ててブースに入り扉を閉めた。

前面に大きなタッチパネルがあり、スキャナー、内線電話、非常用の赤ボタン、さらに何だかわからない様々なボタンがあった。中はきれいに清掃されていてゴミ一つ落ちていない。その無機質なところが急に怖くなり、思わず身を強張らせた。

覚悟を決めて椅子に座ると、目の前のタッチパネルに《初めてご利用される方》《既に会員になられている方》という二つのボタンが表示されていた。私は唾を飲み込んだ。消費者金融で生まれて初めてお金を借りる。それがとても疚《やま》しいことをするような気がしてならなかった。

深呼吸をした後に右手の指先でタッチパネルに触れると、背後から大きな金属音がした。思わずびくりと体が震え、反射的に音がした方に体をよじった。

ブースの鍵が自動的にロックされた音だった。

途端に罠に嵌《はま》って逃げられなくなった小動物のような気分になる。実際これから払っていかなければならない利子や元金のことを考えれば、罠に嵌ったというのもあながち間違っていないのかもしれない。

《右手の入会の手引きをお取りになり、よくお読みください》

パンフレットが何冊か入っているラックがあった。その中の一冊を手に取ってペラペラと捲《めく》ってみる。

「一回払いでもリボ払いでも、どちらでも利用できます」

「臨時収入があった時は、お支払日を待たずに完済できます」

「全国どこのＡＴＭでも、そして海外でも利用できます」

この消費者金融のシステムとメリットが説明されていた。

一気になる金利は年間一八％で、カードローンの場合は三五日ごとの返済となるらしい。一度の返済額は借りる側が自由に決められ、もしもまとまったお金が入ったら、最大で全額返済もできるシステムになっていた。

本当はもう少し借りたかったけれど、借りる金額は二〇万円とした。

そして失業中の身としては返済にかなり苦労すると思ったので、月々の返済額は最小限に設定しようと決めていた。それでも元金二〇万円の三%で六〇〇〇円にもなる。それに利息の三〇〇〇円を加えた九〇〇〇円を毎月支払わなければならない。

仕事さえ決まれば何とかなると思ったけれども、急な出費があったら苦しくなるだろう。入会の手引きには、「急な出費があり返済が滞りそうな場合は、事前にご相談ください」とも書かれていて、ちょっとだけ気分が軽くなる。

私は覚悟を決めてタッチパネルのボタンを押した。

《ご本人様の確認をさせていただきます。確認書類を選んでスキャンしてください》

バッグの中から免許証を取り出し、スキャナーに読み込ませる。そしてディスプレイに表示される手順に従って、一つひとつ作業を進めていく。

《誠に申し訳ありませんが、ご融資を行うことができません。ご不明なことがございましたら、内線でお問い合わせください》

そんなコメントがディスプレイに表示された。

どうしてだろう。指示された通りにやったはずなのに……。

機械の左についていた受話器を取って、「発信」ボタンを押した。

「すいません。融資が受けられないって表示されたのですが、どういうことでしょうか」

『お調べしますので、少々お待ちください』

優しそうな女性の声の後に、保留音が聞こえてきた。何が問題なのかわからなかったが、かなりの時間待たされた。保留音が繰り返されるたびに不安がどんどん募っていく。そしてやっと先ほどの女性の声が聞こえてきた。

『沼尻様は、今は派遣会社に登録されていらっしゃるのですね？』

「はい、そうです」

『それでは派遣会社ではなくて、今お勤めの会社をお教えください。そちらに在籍確認させていただきます』

「在籍確認って何のことですか」

『勤務先様に電話をさせていただいて、そこで沼尻様が働いていらっしゃることを確認させていただきます。弊社の名前は出しませんから、沼尻様がご融資を受けられることがお勤め先に知られてしまうようなことはありませんので、ご安心ください』

今勤務している会社の在籍確認をされるとは知らなかった。去年の年収がきちんとあったので、派遣会社名で大丈夫じゃないかと思っていたのだ。

「すいません。ちょっと事情がありまして、三ヵ月前に勤めていた会社は辞めてしまったんです。去年の源泉徴収票がありますから、それで何とか審査を通していただけないでしょうか」

＊

『バカヤロー』

『鬼、悪魔！　それでもあなたは人の子ですか』

そこは有名なブラック職場だった。コールセンターのクレーム処理のセクションで、顧客に電話で罵倒され続けることで体調を崩してしまう人が続出していた。

『おまえは俺を殺す気か』

『ねえ、今日の下着の色を教えてよ』

しかもそのセクションは、自分から電話を切ってはいけない決まりで、どんな理不尽な電話でも話を聞いて相手が電話を切ってくれるまで対応しなければならなかった。

『お前じゃ話にならん。責任者を出せ』

そう言われることもしばしばあって、そういう時はスーパーバイザーと呼ばれる男性の責任者に代わる決まりになっていた。

「なんでもかんでも私に回さないようにしてください。自分で対応できるぎりぎりまでは頑張ってください」

そんなスーパーバイザーですら、精神的に耐えられなくなり次々と職場を去っていくようなところだった。

『おい、あんまりわいを舐めるなよ。ジブン、名前は何て言うんや』

時々、名前を訊ねてくるクレーマーがいた。

「沼尻です」

フルネームを言う必要はなかったけれど、誰が対応したかわかるようにするために、苗字だけは言わなければならなかった。

『沼尻か。よし覚えたからな』

田中や鈴木ならばいいけれど、沼尻はそんなに多い苗字ではないので、本当は名乗りたくはなかった。

『おい、沼尻。今日はもう堪忍してやるけど、明日までにわいの言う通りにやっておけよ。ええな、わかったな！』

どんなハードクレーマーでも、電話が切れればそれで仕事は終わる。しかし明日また掛けるぞと言われたら、その言葉は頭の中に残り続ける。コールセンターを出て家に着いても、彩奈と二人で食事をしても、そして布団に入って目を瞑っても、明日掛かってくるかもしれないクレーム電話のことを考えてしまう。

そんな毎日を過ごしているうちに、メンタルが削られていった。

『沼尻。どうしてわかれへんねん。昨日、あれほど何とかせぇって言うたやろ』

そのクレーマーから電話が掛かってくると、私は電話を受けながら吐き気を覚えるようになってしまった。

『電話じゃ話にならん。お前の住所を調べとるから、直接会《お》うて話をしようか』

住所がわかるはずはないと思ったけれど、本当に調べられたらと思うと不安になる。何かの間違いで会社が自宅の住所を教えてしまったり、このクレーマーがハッカーのような特殊な能力の持ち主だったらどうしよう。

そんな妄想めいたことで心配になり眠れなくなった。眠れたとしても睡眠が不十分で、仕事上で単純なミスをするようになった。やがて出勤するのが憂鬱になり、電話が鳴る音がすると涙が溢れた。最後はコールセンターの入口に立つと吐き気が抑えられなくなり、遂に辞めるしかなくなってしまった。

＊

『もしもし、お客様。もしもし、もしもし……』

辛い記憶が蘇り、自分が今、消費者金融のブースの中にいることを忘れてしまっていた。

「すいません。ちょっと考え事をしてしまって」

『先ほども申し上げましたが、お客様のご事情だとご融資するのは難しいです。当社は現在定期的な収入がある方にしか、お金をお貸しできないことになっておりますので』

他の消費者金融でも結果は同じだった。今でもコールセンターに勤めていると嘘をついてみたけれど、在籍確認をすると言われてしまい諦めた。

一九万六〇〇〇円。支払い期限までの一〇日間で、それだけのお金を掻き集めなければならない。大卒の初任給に近い金額を、短期間のアルバイトで稼いだり、友人から借りるのは不可能だ。

消費者金融以外にどこからかお金を借りられないものか。そう考えながら辺りを歩き回ると、「〇〇ファイナンス」や「××ローン」などの看板が目に飛び込んでくる。街金と呼ばれるような個人経営の会社らしい。一体いくらぐらいの利子を取るのだろう。看板に書かれた番号に電話を掛けてみた。

『安定した収入がない方には、お貸しすることはできませんね。担保になるものがあれば別ですけど』

街の小さな金融機関もお金を貸してはくれなかった。

「そこを何とかお願いします。新しい仕事が決まったら必ずお返しします。お願いですから貸してもらえませんか」

『ではその新しい仕事が決まったらご連絡ください。そうなれば喜んでお貸しします』

どこでも審査には決められた規定があって、泣き落としが通用するような世界ではなかった。

「実はアパートの家賃を滞納していて、今月中に二〇万円を用意できないと退去させられてしまうんです」

『それはお困りでしょうね。ですがそんな事情を聞いてしまうと、ますますお貸しするわけにはいきません。申し訳ないですけど、こちらもビジネスですから』

今の私ぐらいお金が必要な人間はいないのに、どうしてどこも貸してくれないのか。貸してくれれば絶対に返済するつもりなのに。

「こんな私にお金を貸してくれるところはないでしょうか」

『街金はみんな同じ審査基準ですから、どこに相談しても無駄だと思いますよ』

「どこか貸してくれるところを紹介してください。もっと融資基準の緩いところを知りませんか？」

スマホを片手に頭を大きく下げていた。

『あとは闇金みたいなところしかありませんよ』

そうか、闇金ならば借りられるのか……。

闇金で借金をした人の悲惨な末路はネットやテレビで見聞きしているのに、そう思ってしまう自分が恐ろしかった。

『だけど闇金でも、収入のない方にいきなり二〇万円もの大金を貸すところはありませんよ』


消費者金融どころか、悪名高い闇金でもお金を借りることができないらしい。

茫然自失となってしまった私は家に帰る気にもなれなくて、家の近くの公園で一人ベンチに座り、これからのことを考えた。

気はすすまないけれど、こうなったら埼玉に住む姉に泣きつくしかない。私はバッグの中からスマホを取り出し、姉の自宅に電話を掛けた。

『お母さんの認知症がかなり進んじゃって、今日もおしっこを漏らしたの。私も精神的に限界だから、老人ホームに入れようと思っているのよ。貴代、あなたもいくらか費用を負担してくれないかな』

私が無心を切り出す前に、姉の愚痴が始まってしまった。

『最近は旦那の両親も弱ってきて、これから何人の年寄りの面倒を見なければならないかと思うとぞっとする。和也も来年はいよいよ中学受験だし、正樹も塾に行き始めたから、これから子供の教育費で何百万円もかかるからね』

姉には二人の息子がいて、二人とも東京の有名私立中学に入れるのだと意気込んでいた。私立中学の授業料も高額だが、合格するためには小学校三年から塾に通わさなければならないそうで、その塾代もバカにならないとこぼしていた。

「でもお姉ちゃん家《ち》はアパート経営もしているんでしょ。そのぐらいはどうとでもなるんじゃないの」

姉は一〇歳以上も年上の男性と結婚し、その実家は地元でそれなりに知られた資産家だった。

『いくら家賃収入があるといっても、結局は旦那の親のお金だから。家計を管理しているのはお義母《かあ》さんだし、旦那はお義父《とう》さんがオーナーの会社で働かせてもらっている立場だからね』

「でもお義兄《にい》さんは、その会社の専務さんなんでしょ」

オーナー社長であるお義父さんが引退したら、その会社は姉の夫が継ぐことが決まっていると聞いていた。

『専務っていったって、身内だから給料は安いのよ。それなのにお母さんの老人ホーム代を、旦那の給料から払わなければならないから本当に大変なのよ』

お金持ちの家に嫁いだ姉を、周囲は「玉の輿《こし》」と言って羨《うらや》んだ。しかしそれはただの資産家の嫁になったというだけで、姉が自由になるお金は限られているらしい。

「ところでお姉ちゃん、ちょっとだけお金を貸して欲しいんだけど」

姉は中学生の頃から美人で背が高く、生徒会長をするなど何かと目立つ存在だった。同じ公立中学校に進んだ私は姉とよく比較され、内心とても不愉快に思っていた。姉は頭も要領もよく東京の有名私大に推薦合格する一方で、私は成績も平凡だったので早々に大学進学を諦めて、地元の茨城で気ままに生きていこうと決めていた。

そんな私のことを、姉はいつも心の底で軽んじていた。

それがわかっていたので、私は大人になってからはなるべく姉と関わらないようにしていた。だからこんな風に借金の相談をするのは、本当に嫌で嫌でしょうがなかった。

『うーん、困ったわね。何とかしてあげたいけど、お母さんの老人ホーム代とかで正直我が家にはお金がないのよ。そもそもあんたの旦那があんなへまをしなければ、うちがお母さんを引き取ることもなかったんだからね』

そう言われると耳が痛い。私の夫がしてしまったことで、父や母やそして姉にもとんでもない迷惑を掛けてしまった。

あんな男に引っ掛からなければ。

＊

私の人生の躓《つまず》きは、あの男に出会ってから始まった。

当時高校三年生だった私は、友達に誘われた合コンに参加して一つ年上の夫と出会った。

中学高校の六年間、私はテニス部に所属して、最終年にはキャプテンを任されるまでになった。高校は県内でも有名なテニス強豪校だったけれど、私たちの学年は「外れの年」と呼ばれ、インターハイにも行けずに夏の大会が終わり、私は酷く落ち込んでいた。

『沼尻さんもテニス部だったんですか。あの高校の男子は去年インターハイでベストエイトに入りましたよね』

その飲み会で会った夫は、偶然にもテニス強豪校のレギュラー選手だった。

『優勝することも珍しくない高校だからベストエイトなんて喜べないよ。それに、所詮は団体戦だからね。俺の年も他のペアが強かっただけだよ』

ベストエイトでも喜べないなんて、上には上がいるものだ。

『どうしてスポーツ推薦で大学に進学しなかったんですか』

私はウーロン茶を一口飲んでそう訊ねた。

他のペアが強かったとしても、それだけの実績があればスポーツ推薦がもらえたはずだ。私にとってその時の夫は神様のような存在に思えた。

『地方でそこそこ強くても、全国にはもっと強い奴がうじゃうじゃいるからね。それに大学に行ってテニスを続けたところで、プロになれるわけじゃないし』

自分よりもずっとテニスがうまい人のクールな考えに驚いた。そしてその夫の一言で、なんだか救われたような気分になった。

『人にはそれぞれ与えられた役割ってものがあるんだ。誰かが優勝するためには、決勝で負ける人が必要だし、そもそも一回戦で全体の半分が負けないと、トーナメント制は成立しないから』

夫は何を考えているかよくわからないタイプで、時々ハッとするような台詞《せりふ》を言うことがあった。

『それは良いことなんですか、それとも悪いことなんですか』

『別に良いも悪いもないよ。野球部のない高校は滅多にないけど、甲子園で優勝できる高校は全国でたったの一校だけなんだ。それなのに高校球児たちは自分たちこそが優勝できると信じて、毎日猛練習をしているんだ。これってさ、一種の洗脳みたいなものだと思わない?』

妙な理屈を言う夫が、当時の私には魅力的に見えてしまった。

『テニスも勉強も一番にはなれなかったけど、これからはビジネスで一番になろうと思っているんだ。テニスなんかうまくてもせいぜいテニススクールのコーチになれるぐらいだけど、ビジネスで成功すれば世界が開けるからね』

夫は浦和の小さなフランス料理店に勤めていた。

『今は雇われの身だけど、レストラン経営のノウハウを勉強していつか自分の店を持とうと思っているんだ』

そのフランス料理店に招かれたこともあった。シェフがフランスに料理留学をしていたこともあり、出された料理はどれもとても美味《おい》しかった。

それまでテニス一筋であまり男性と付き合ったことがなかった私は、すっかり夢中になった。夫はルックスも悪くなかったので、時々他の女性の影を感じたこともあった。しかしまだ高校生だった私はそれを面と向かって訊ねることもできず、何人かいるガールフレンドの中の一人に過ぎないのかもしれないと思っていた。

『貴代の両親を紹介してよ』

だから付き合いだして三ヵ月で、そう言われた時は嬉しかった。

妙に真面目なところがあり、恋人になったから親に挨拶に行くのは当たり前だとも言ってくれた。私はまだ結婚のことなど考えてはいなかったけれど、両親に夫を紹介し、両親も夫のことをとても気に入ってくれた。

やがて夫は、頻繁に私の実家にやってくるようになった。

小学六年生の時に母親を病気で亡くした夫は、継母に育てられた。しかし継母と父親の間に子供が生まれ居心地が悪くなり、高校を卒業すると同時に家を出たという。そんな複雑な環境で育ったせいで、肉親の愛情に飢えていたのかもしれない。そして夫はいつの間にか、我が家の一員のようになっていた。

夫は人当たりがよく、特に年配の女性からよく好かれた。甘え上手なところもあり、おば様たちとの距離を縮める達人だった。母親もすっかり気に入ってしまい、『こんな息子が欲しかった』と言っては夫のことを溺愛した。

そんな時に彩奈を身籠った。まだ二〇歳そこそこだったので「おろせ」と言われるかと思ったけれど、夫は心から喜んでくれてすぐに結婚式を挙げた。

『子供も生まれるから、本格的に事業を始めようと思うんだ。共同経営だけど、いよいよ東京に自分の店を出すことにした』

夫は結婚を機に、東京の一等地に店を出すことを決意した。

どこかからその資金を調達し、その借金の連帯保証人には私の父親がなる約束を取り付けてしまっていた。これは後で姉から聞いてわかったことだが、夫はまず私の母親をその気にさせて、父親は気付いた時にはもうハンコを押すしかない状況に追い込まれていたそうだ。

それでも事業がうまく行けば、みんな幸せになれた。

店は開店直後からSNSで評判になり、雑誌にも取り上げられた。しかしシェフのこだわりが強すぎて、料理の原価が抑えられなかった。さらに従業員の給料も高すぎて、売上の割には利益が思うように上がらなかった。その段階でコストを圧縮すればよかったのだが、スタッフに嫌われたくない夫にはそれができなかった。そして最後は共同経営者だったシェフにお金を持ち逃げされ、莫大な借金だけが残ってしまった。

荒んでいった夫はギャンブルに手を出して、それで借金を返そうと考えた。

『知り合いにギャンブルの天才がいてね、本当に万馬券を的中させたのをこの目で見たんだよ』

夫は簡単に人を信じすぎるところがあり、口のうまい人間によく騙された。競馬場でも怪しい人物に出会ってしまって、さらに借金を膨らませた。それでますます深みに嵌り、最後は闇金のようなところから借金をするようになっていた。

結局私の父が実家を売って、夫の借金を清算した。

私は小さい頃から父のことが大好きだった。よく釣りに連れていってくれて、私にも竿を握らせてくれた。今でもその当時のことを思い出す。初めて銀色に光る魚を釣り上げた時の興奮と感動を、私は未だに忘れていない。私には釣りの才能があったようで、大人になってからは父よりも良い釣果をあげることも珍しくはなかった。

住み慣れた家を失った父は、その心労のせいか翌年に脳梗塞で死んでしまった。そのショックで母はすっかり老け込み、ついには認知症の症状が見られるようになった。

＊

『あんたの旦那、今でもあんたの居場所を探しているみたい。この間もうちに電話をしてきて、彩奈の居場所を知らないかって訊かれたから』

姉の言葉を聞いて背中が凍り付く。

ギャンブル漬けになってからは、夫が何を考えているのか全く理解できなくなった。急に怒り出して罵倒されたり、殴られたりとＤＶのような目にも遭わされたので、私は夫から逃れるように彩奈を連れて家を出た。

「お姉ちゃん。絶対に私の連絡先は教えないで」

居場所がバレたらどんな酷いことをされるかわからない。

『わかってるわよ』

さすがに姉もその辺の事情は理解してくれていた。

「あいつの様子はどうだった？　お姉ちゃん家に迷惑を掛けてなければいいんだけれど」

夫は姉の義実家に借金の相談をしたこともあった。

『最近は金融関係の仕事をしているみたい。この間電話が掛かってきた時に、仮想通貨に興味がないかとか訊かれたから、そんな仕事をしているのかも』

「それ絶対に怪しいから相手にしない方がいいよ」

『そんなことあんたに言われなくてもわかってるよ』

ほっと胸を撫でおろす。これ以上旦那のことで、私の家族に迷惑を掛けるわけにはいかなかった。

「ねえお姉ちゃん、絶対に返すから少しだけお金を貸してくれないかな。そうしないと、今住んでいるアパートから追い出されてしまうの」

『だから言ったでしょ。子供を抱えて東京で暮らすのなんか無理だって』

私はもともと地元の茨城でコールセンターの仕事をしていた。その時に東京のコールセンターの給料が高いことを知り、彩奈と二人で東京に出ていく決心をした。しかし東京の生活費は思っていた以上に高く、それを補うために時給の高いクレーム処理のセクションに異動し無理を重ねてしまったのだ。

『いい機会だからこっちに来て、一緒にお母さんの面倒を見てよ』

「それこそ無理よ。そんなことをしたら、すぐに旦那に見つかっちゃうから」

『きちんと旦那と話をしてみれば。向こうはあんたとやり直してもいいようなことも言っていたわよ』

その言葉を聞いてぞっとした。

「やり直すだなんて、冗談でも言わないで」

『じゃあ、離婚してもらえば』

「あいつが離婚なんかしてくれるわけないよ」

『そうかな。きちんと話せばわかってくれそうな気もするけど』

「あいつは口がうまいから、話しているとなんだかんだと説得されて、思うようにさせられちゃうのよ。そうやってお父さんもお母さんも騙されてきたじゃない。お姉ちゃん、あのことを忘れたわけじゃないよね」

昔は姉も母親と同じように夫のことを気に入っていた。

『もちろん忘れてないけどさ』

夫の口がうまいのは姉もよくわかっていた。誠実そうなふりをして夢や理想を語るので、いつの間にか否定しづらい空気を作ってしまうのだ。

「とにかく旦那に見つからないように、このまま東京に住み続けるしかないの。だからお金を貸して欲しいの」

『それでいくら必要なの？』

ため息混じりに姉が訊ねた。

「二〇万円」

『そんなに！　そんな大金とても無理よ』

「じゃあ半分でもいいから。お姉ちゃんお願い」

私はスマホに向かって頭を下げる。

『半分の一〇万円だってとても無理。貸せてもせいぜい三万円ぐらい。いくら家にお金があってても結局は旦那の実家のものだし、お母さんの老人ホーム代を出してもらうことになったから、私も肩身が狭いのよ。妹にそんな大金を貸したことが見つかったら、私が離婚されちゃうわよ』

二

「ママ、また水筒が空っぽだよ」

ランドセルを背負った彩奈が、大笑いしながら水筒を突きだした。

「ごめんごめん。今すぐ入れてくるから」

急いでキッチンに行き、水道の蛇口を捻《ひね》って水を注ぐ。

昨日、法律事務所から電話があり、家賃が払えなければその日のうちに部屋を出ていくことを約束させられた。支払いの最終期限である月末まで、あと四日しかなかった。それでも仕事が見つかれば何とかなるかもと思い、朝からスマホの求人サイトに必死の思いで面接を申し込んでいたせいで、彩奈の水筒に水を入れるのを忘れてしまった。

「じゃあ、行ってらっしゃい」

ランドセルを開けて中に水筒を入れ、そして彩奈の背中を送り出す。

「行ってきまーす」

彩奈が元気よく飛び出していくのを手を振りながら見送った。そして玄関のドアの鍵を閉めると、同じ部屋とは思えないほどの陰鬱な空気が漂った。

ため息を吐《つ》きながら私は再びスマホを手にする。

《最大三〇日間、金利無料！》

《五秒でスピード診断》

《消費者金融厳選一〇社を徹底比較》

借金に関する検索ばかりしているので、求人サイトを見ていてもそんな広告ばかりが表示される。しかし広告を出しているような金融会社からは、私は融資が受けられない。闇金ならば借りられるかもしれないけれど、一〇日に一割とか三割とかの利子を返せるはずがない。

《個人間金融ならば、低利でお金が借りられます。貸金業法が改正されて、高金利貸付や無登録業者の罰金と懲役が大幅に引き上げられました。また悪質な取り立て行為の規制も強化されたため、従来の闇金業者はすっかり淘汰されてしまいました。そこで登場したのが、私たちのような個人間金融です。個人間でのお金の貸し借りですので、色々融通が利きますから安心です》

床に座り込んでスマホの画面をスクロールしていくと、そんな書き込みが目に飛び込んできた。

《メルカリなどのフリマアプリは、個人間の中古品取引を誰もが自由かつ安全にできるようにしましたが、小口の金銭貸借の世界でも同様の動きが広まっています。暴力的な催促や脅迫などがない個人間でのお金の貸し借りが急増しています。ご興味のある方は、こちらの掲示板をご覧ください》

指が勝手にそのテキストをクリックする。

《家族の病院代　二万円を貸してください。来月二五日が給料日ですので、その時に確実に

返済します。一八歳　嘉代子》
《九〇万円を一ヵ月後に一〇〇万円でお返しします。月収は三〇万円で現在の借金は〇円です。神奈川県　たくや》
《助けてください。シングルママで貯金がなく、ブラックなので他に頼ることができません。一〇万円ほど貸してください》
ネットで調べてわかったことだが、「ソフト闇金」と呼ばれる個人で貸金業を営むアンダーグラウンドな闇金が増えていた。
お金で苦労しているのが自分だけではないことに、ちょっと救われたような気分になった。そしてソフト闇金ならば、本当に低利でお金を借りられるのではと掲示板を読み進める。
しかしネットの世界は魑魅魍魎《ちみもうりょう》で、詐欺と思われるものも多数あった。
《保証金としてギフト券を購入してもらえますか？　港区　子犬金融》
お金を貸す前にコンビニで買える電子マネーのギフト券を購入して、その暗証番号をスマホのカメラで撮って送れという。それが保証金代わりということなのだが、この場合、ギフト券の電子マネーを詐取されるだけでお金は貸してもらえそうにない。
《ひとときありならば、低利でお貸しします》
それを目にしたとき、「ひととき」の意味がわからなかった。さらにネットで検索すると、「ひととき」が個人間金融に関する隠語であることがわかった。
《「ひととき」とは、個人間融資で違法な高金利でお金を貸し付けるだけではなく、お金がない相手の弱みに付け込んで性的な関係を求めることです。当然被害者は女性で、ネットの

掲示板やSNSを利用した事例が多発しています》
思わず背筋がぞっとした。
個人間融資は合法的な融資ではないので、個人情報の流出や詐欺、さらには別の犯罪の片棒を担がされたりする危険に満ちているようだ。
《自宅住所、電話番号、勤務先の電話番号、家族の携帯、そしてあなたの銀行口座を教えてください。問題が無ければ今日中にも現金を振り込みます。長野県　佐々木紀子》
お金を貸す側のメッセージも、その掲示板で見ることができた。やはりお金を貸す以上、身元確認は厳しかった。
《銀行預金をしていてもたいした利子がつかないので、老後の資金作りのために貸し付けています。条件次第では法定金利内でお貸しします。住所：東京　年齢：五八歳　岡本「応募」はこちらから》
そんな書き込みを見つけ、目が釘付けになった。
ソフト闇金でも、一〇日で一割という高金利が相場だった。そんな金利で借りてしまったら、すぐに首が回らなくなる。しかし法定金利内で借りられるのなら私でも返済できる。一般の人がサイドビジネス感覚でやっている個人間金融ならば、本当に安い金利で貸してもらえるかもしれない。
《「応募」はこちらから》と書かれたテキストをタップすると、氏名、生年月日、住んでいる都道府県名、携帯番号、メールアドレス、連絡の取りやすい時間帯を書き込むためのフォームに繋がった。そこまでは必須項目なので、借りたいのなら正直に書き込むしかない。

そして最後に「コメント（借入・返済の希望等）」と書かれたフォームがあったので、「今月中に二〇万円ほどお借りしたいです」と書き込んだ。

いざ送信しようとすると指が震えた。

やっぱりネットの世界でお金を借りるなんて危険すぎないか。スマホを床に置いて、ちょっと冷静になろうと目を閉じる。

しかしお金が借りられなければ、月末の支払いができなくてこのアパートを追い出されてしまう。彩奈がいなければネットカフェ難民にでもなりながら、その日払いの仕事を探すこともできるけれど、子供がいるとネットカフェに宿泊させてもらえないことを知っていた。

このフォームを送った後に、どんな危険が待っているのだろう。

携帯番号と本名を教えてしまうのは不安だけれど、着信拒否もできるだろうし、本当に酷いことをされたら警察に相談すればいい。それよりもアパートを追い出されてしまう方が致命的だ。最悪の場合、彩奈と一緒に電車に飛び込まなければならないかもしれない。

そもそも本当にこの掲示板でお金が借りられるのだろうか。

借りられるかどうかもわからないのに、躊躇しているのは時間の無駄だ。再びスマホを手にすると、数分前に書き込んだフォームを表示させた。そして軽く深呼吸した後に、思い切って送信ボタンをタップする。送信を確認すると同時に、なぜかとても不安になって、嫌な予感に胸が騒《ざわ》めく。たった今送信したものを取り消したい気持ちになってしまう。

そこへすぐに返事が着信したので、声を上げそうになるほど驚いた。

《免許証などの写真付きの身分証とあなたの顔を並べて自撮りして、その画像を送ってくだ

さい。過去に借りパクをしていないか調べさせてもらいます》

借りパクとは借金を返済しないで踏み倒す行為のことで、ネットの掲示板にもそんな人たちの免許証がいくつも張り付けられていた。それらはまるで公開処刑で晒《さら》された生首のようだった。私は借りパクをする気は全くないが、結果的に借金が返せなければ、同じように私の免許証も晒されてしまう。

しかし家賃の返済期限まであと四日。

もう他に選択肢は残っていない。スマホのカメラを作動させると、免許証を顔の横に掲げて自撮り写真を撮影する。

その画像をスマホで確認した時に不安を覚えた。

こんなすっぴんの画像を、赤の他人に送ってよいものか。

化粧品代がもったいないから、ここしばらくまともな化粧をしていなかった。スマホの中の私は、実年齢よりもだいぶ老けて見える。顔で融資を決めることはないと思うけれども、印象を良くしておいて損はない。いやむしろ明るく元気な印象を与えないと、個人間金融でもお金を貸してくれないような気がしてきた。

洗面台に向かい、久しぶりに気合を入れてメイクをする。

化粧のノリは悪くない。

薄らぼんやりとしていた自分の顔が、みるみるうちに変わっていく。ファンデーションを塗りアイラインを引いていると、自分でない自分に変身するような気分がした。そうなるとネット上の見ず知らずの人からお金を借りても、怖くないような気がしてくる。

スマホににっこり微笑《ほほえ》んで、再びシャッターボタンをタップする。今度は我ながらいい出来の写真が撮れたと思った。これならば家賃が払えない貧乏シングルママには見えないはずだ。

その画像を送る時に少し躊躇したけれども、今度は頭を切り替えた。ここからお金を借りてもいいかという心配は、本当に貸してくれるのがわかってからにしよう。とにかく写真を送らなければ何も始まらない。

《貴代さんを信用して、お金をお貸しします。返済方法などは直接会って決めたいのですが、私も忙しくてあまり時間がありません。幸い今から二時間ぐらいだったら空いているのですが、貴代さんのこの後の予定はどうですか？　その時にお金もお渡しします。岡本》

すぐにそんなメッセージが着信し、久しぶりに救われたような気分になった。

仕事を探さなくてはいけないが、今日この後に面接の予定が入っているわけでもない。しかし彩奈が午後三時に帰ってくるので、それまでには家に戻ってこなければならなかった。

《午後二時までならば時間があります。どこに行けばいいですか？》

岡本が待ち合わせ場所に指定したのは、五反田駅近くの喫茶店だった。

昭和レトロな雰囲気の喫茶店は全席喫煙可能で、スーツ姿のサラリーマンが煙草を燻《くゆ》らせながらコーヒーを飲んでいた。奥の席ではまだ昼間なのにビールを飲んでいる中年男性が一人いた。店に入った瞬間からその男の視線を感じるものの、彼は岡本ではないようだ。私は銀色の灰皿が置かれたテーブルに腰を下ろし、ウエイトレスにホットコーヒーをオーダーする。

　そしてすぐにトイレに行って、鏡を見ながら頬のファンデーションをパフで直した。その間に岡本が来てしまったらと心配したが、席に戻る途中に店内を見渡してもそれらしき人物は見当たらなかった。

　ウエイトレスがコーヒーを運んできた時に腕の時計を見ると、約束の時間を一五分も過ぎていた。ふと自分はからかわれていたのかもしれないと不安に思った。ネットの書き込みを信じて五反田まで急いでやってきたのは、ちょっと迂闊だったような気がしてくる。

　しかし支払い期限までもう本当に日にちがない。もしも悪戯《いたずら》に遭ったのならば、貴重な時間を使ってしまったことが悔やまれる。

「沼尻貴代さんですね」

　いつの間にかグレーのスーツ姿の男が私の横に立っていた。

　ネットのプロフィールでは岡本は五八歳ということだったが、年齢がわかりにくいタイプに見えた。顔の皺《しわ》やシミが目についたけれど、髪の毛はしっかりあって黒い髪をきれいに七三に分けている。

「親がいくばくかの財産を残してくれましてね。随分前にサラリーマンは辞めてしまって、利子とか家賃収入とかの不労所得で暮らしているんですよ。お金には苦労していないんだけど、半分趣味で余ったお金を個人間融資で貸し付けているんです。銀行に預けておいても、この低金利じゃ利子なんか雀の涙だからね」

　岡本がメロンソーダをかき混ぜたのでグラスの中が白濁する。目の前のホットコーヒーから白い湯気が立っていたが、私はそれを口にする気にはなれなかった。

「その方が人のためにもなるし、こうやって色々な人と会うと、僕も暇つぶしになるからさ」

そう言いながら岡本は大きく左腕を回して手首の時計に目をやった。その時計にはダイヤのような石がたくさんついていて、とても高そうに見える。

「貴代ちゃんは、シングルママなんだよね？」

たった今会った男に「ちゃん」付けされて、私は一瞬固まった。

その馴れ馴れしさにぞっとする。私は昔から人との距離を縮めるのが苦手なタイプで、年下であってもなかなか人を「ちゃん」付けで呼ぶことができなかった。

「はい、そうです」

「一人で子供を育てるなんて立派だよね。大変なことも多いでしょう」

岡本は目を閉じて大きく頷《うなず》くような仕草をする。

「じつは数ヵ月前に体調を崩して会社を辞めたので、定期的な収入がなくなってしまったんです。そのせいで家賃が払えなくて、督促状が送られてきたんです」

「それは本当に大変だね。それでいくら借りたいの？」

「二〇万円ほどお願いできないでしょうか」

「それはちょっと多すぎるね。初回の上限は一〇万円ってことにしているんだよ」

岡本は大きく左右に首を振った。

闇金でも最初に貸す時には限度額があると、電話を掛けた街金で教えられた。それは個人間金融でも同じようだった。

「何とかならないでしょうか」

大きく頭を下げながら祈るような気持ちでそう言った。まずは岡本から一〇万円だけ借りて、残りを他から借りることも一瞬考えたが、貸してくれる当てがあるわけではない。

「貴代ちゃん家の月々の家賃はいくらなの？」

岡本はストローで白濁した緑の液体を啜《すす》る。

「五万五〇〇〇円です。その家賃の三ヵ月分を月末までに払わないといけないんです」

「なるほど、お金の使い道はよくわかったけど、それで月々の返済はいくらにする？」

「どうすればいいでしょうか。できれば余裕を持たせていただけるとありがたいのですけれども」

お金を借りることに必死で、返済のことまで頭が回っていなかった。

「いいですよ。僕はお金に苦労しているわけじゃないからね。確実に返してもらえれば何回払いでも結構です。それで貴代ちゃんはどうしたいの？」

「月々一万円ぐらいの返済だと助かるのですが」

岡本は白濁したメロンソーダのストローに口をつける。ズズズズと空気を吸い込む不快な音がした。

「駄目でしょうか」

上目遣いに岡本の様子を窺《うかが》った。

「一万円となると利子を別にしたとしても、払い終えるまでに二〇ヵ月もかかっちゃうよね」

　岡本は大きく腕を組んで難しそうな顔をした。

「お金は必ず返済しますから」

「だけど二〇ヵ月は長すぎるよね」

「そこを何とかお願いできませんか。このままだと私と娘はアパートを出ていかなければならないんです」

「それは大変だと思うけど、二〇ヵ月でしょ。そんなに長い間、人にお金を貸したことはないからなー」

　腕時計に目をやった。彩奈が学校から帰ってくるまで、あと二時間しかない。電車賃を使ってわざわざ五反田までやってきたのに、一銭も借りられずに帰ることになってしまうのだろうか。

「お願いします」

　もはや頭を下げ続けることしかできなかった。

「だけど貴代ちゃんは、今は無職なわけだよね」

「どうか、助けると思ってお金を貸してください。この通りです」

　さらに頭を下げてきつく唇を嚙みしめる。

「会ったばっかりでなんだけど、貴代ちゃんは真面目そうだから僕は信用できると思っているよ」

「どうもありがとうございます」

胸を撫でおろしながら、体を戻して岡本の顔をまっすぐに見ると、満足そうに笑っていた。

「貴代ちゃんは、今は病気で働けないんだよね」

「体調はだいぶ戻りましたから大丈夫です。今も仕事を探している最中です」

お金さえ借りられてアパートを追い出されなければ、次の職場もいずれ見つかると思っていた。

「だけどいい仕事が見つかる保証はないし、まあ、担保を入れてもらえば、二〇ヵ月の返済で貸してもいいよ」

「すいません。担保となりそうな物はないんですよ」

そんなものがあれば、こんな苦労はしていない。

「担保は別にお金じゃなくてもいいよ」

口角を上げてニヤリと笑った。

「どういうことですか」

「だから担保はお金でなくてもいいってことだよ。貴代ちゃんはなかなかの美人だし、僕はすっかり気に入った」

岡本の鼻の穴が膨らんだ。

「貴代ちゃん、ひとときの意味はわかるよね」

曖昧に頷く私を見て、岡本が喫茶店の向かいにあるラブホテルの看板に目をやった。

「無理です。そんなことはできません」

岡本は身なりこそきちんとしているが、何かがずれていて、どこかが壊れているように思えた。

「お金を借りなくてもいいのかな。お金がないとアパートを出ていかなければならないんだよね」

口元に笑みを浮かべ、岡本はわざとらしく腕の時計を確認する。

「それはそうですけど」

岡本は残っていたメロンソーダを飲み干して、白いアイスクリームが付いたチェリーの柄の部分を指で摘まんで口に入れた。そしてアイスクリームだけを舐め、二度三度赤いチェリーを出し入れする。

「僕以外に、お金を借りられる当てはあるの？　僕は担保さえもらえれば、法定金利内でお金を貸してもいいって言っているんだよ」

「私には、……そんなことはできません」

俯《うつむ》きながら小さく首を左右に振った。

「貴代ちゃん。これは個人間融資なんだよ。好意を持つ個人同士がプライベートでお金を貸し借りするだけだから、法律にも違反していないんだよ。そしてもちろん、その二人がホテルに行ったからといって、それは売春とかにはならないんだよ」

売春という言葉が心の奥に突き刺さる。

「つまり恋人や仲のいい友達から、お金を借りることと同じなんだよ。僕は貴代ちゃんを気に入ったから、貴代ちゃんにお金を貸してもいいと思った。ただそれだけのことなんだよ」

好意を持った個人がお金の貸し借りをする。だからこれからすることは売春ではない。岡本はそう説得したいのだろうけれど、そもそも私は岡本とそんな行為をする気はない。

「お金を借りたいんでしょ」

しかし今の私は、どうしても目の前の男からお金を借りなければならない。

「もう時間がないし、貴代ちゃん、決断するなら今だよ」

私は首を縦にも横にも振れずに押し黙ったままだった。

頭の中では、どんなことをしても、お金を借りなければならないのはわかっていた。しかしこの後に起こることを受け入れられるはずもない。

「わかりました。それでは融資の話はここまでにしましょう」

岡本はテーブルの上の伝票を持って立ち上がる。

「ちょっと待ってください」

「どうするの。やっぱりお金を借りたいの？」

お金は借りたい。だから私は、頷きはした。

「そうなのね。じゃあ、行こうか」


バスルームでシャワーを浴びる岡本の鼻歌が聞こえてくる。

喫茶店のお金を払った岡本は、私の同意を得ないまま向かいのラブホテルに入って、勝手にチェックインをしてしまった。私はホテルの前で立ち尽くしたままで、去ることも入ることもできなかった。

「おいこら。ホテル代も払ったんだから、さっさと来いよ」

さっきまでの猫なで声から一変して、別人のような声を出した。私は急に怖くなり抵抗する気力が失せてしまった。それに今ここから逃げ帰っても、何も解決はしない。今の私の問題を解決してくれるのは、もうこの男しかいなかった。

ベッドの脇に立ったまま枕元の時計を見ると、彩奈が家に帰ってくるまであと一時間を切っていた。電車の乗り継ぎのことを考えると、三〇分後にはここを出ないと間に合わない。覚悟を決めるにしても逃げるにしても、もう時間的にはギリギリだった。

「貴代ちゃんも、シャワーを浴びてきたら」

白いバスタオルを腰に巻いた岡本が、バスルームから出てきた。

あばら骨が見えるほど痩せているのに腹は大きく膨らんでいる。この男に抱かれるなんて、やっぱり生理的に無理だと思った。

「娘がもうすぐ帰ってくるので、今日はもう時間がありません。また次の機会じゃ駄目でしょうか」

「ここまで来て一体何を言ってるの。子供なんて、二、三時間ほっといたって大丈夫だよ。またの機会だなんて、払っちゃったホテル代はどうしてくれるのさ。さっきのコーヒー代も俺の奢《おご》りだし、それとも貴代ちゃんが全部払ってくれるの?」

そんな数千円のお金が今の私にはプレッシャーになった。

「シャワーは浴びなくてもいいんだね」

そう言いながら迫ってきたので、私は思わず後ずさった。しかしすぐに足がベッドに当たり逃げ場を失くし、抱きすくめられて唇を奪われそうになると、嗅いだことのない微妙な匂いがして思わず気分が悪くなる。

「ちょっと待ってください。まずは先にお金をください」

押し返しながらきつい口調でそう言った。

「そんなの後払いに決まってるだろ」

岡本は声を荒《あら》げて目を剝いた。

「駄目です。先にお金をお願いします」

「後で必ず渡すからさ」

岡本は腰のバスタオルを取って、私をベッドに押し倒そうとする。

「ちょ、ちょっと待ってください」

必死にそう叫ぶがその勢いは止まらない。スカートの中に強引に手が入ってきたので、両足を固く閉じて抵抗する。

「お金をください」

「うるさい」

岡本が大きな声を出すと、頬に激痛が走り甲高いキーンという耳鳴りがした。

犯される。

瞬間的にそう思った。

「お金をくれなければ、警察を呼びます」

怯《ひる》んだ岡本の下から抜け出して、ベッドの横に置いてあったスマホを摑《つか》んだ。

「おまえはバカか。ラブホテルに警察が来るわけねえだろ」

岡本は私の手からスマホを奪い、壁に勢いよく投げつけた。

「何するんですか」

「いい加減にしろ！」

右に左に頬を立て続けに叩かれたので、涙腺が緩み涙と鼻水が一気に溢れ出した。

岡本は、ストッキングと同時にショーツを脱がしにかかる。手足をばたつかせて、最後の抵抗を試みた。

「大人しくしろ！」

以前、夫に同じように殴られたことを思い出した。

すると今殴っているのが岡本ではなく、私の人生を無茶苦茶にした夫のような気がして怒りが急に湧いてきた。このまま好きなようにさせてたまるかという思いがふつふつと込み上げてくる。

「誰か助けて！」

声を限りにそう叫び、私は必死に抵抗する。

「うるさい。黙れ」

岡本が手で私の口を押さえつけようとした瞬間、右手に何かを摑む感触があった。何が起こったのかわからなかったが、岡本の動きが止まって体が硬直する。

私の右手にはふさふさとした黒い髪の毛の塊《かたまり》が握られていた。

「返せ！」

岡本は両手で頭を隠しながら、私に向かってそう叫んだ。

三

仕事の面接からの帰り道、駅のホームで頭髪の薄い中年男を見掛け、三日前のことを思い出した。鬘《かつら》を剝ぎ取られた岡本が怯んだ隙に、ラブホテルを抜け出して泣きながら家に戻ってきた。岡本には免許証の画像はもちろん、住所も電話番号もばれているので、どんな仕返しをされるかと思うと恐ろしかった。

その後、見知らぬ番号からスマホに何度も着信があった。

岡本かもしれないと思い、怖くて出ることができなかった。

その一方で、別居中の夫からの電話も考えられた。逃げるように東京に出てきたので、住所はもちろん新しい携帯番号も夫には教えていなかった。しかし姉から聞き出そうとしたように、どこかで新しい番号を嗅ぎつけないとも限らない。

そんなことを考えていたら、ポケットの中のスマホが震えた。

《先日はお忙しい中、ご足労いただきありがとうございました。選考の結果についてですが、社内にて慎重に検討しましたが、誠に恐縮ながら今回はご希望に添いかねる結果となりました。末筆ながら、沼尻さまのご活躍を心からお祈り申し上げます》

一ヵ月前に受けたアルバイト面接の結果だった。

思わずため息が出てしまう。

今日も新しい仕事の面接に行ってきたけれど、採用される気がしなかった。

切羽詰まっているのが伝わってしまうのだろうか、ことごとく面接で不採用になる。まだ体調が万全ではなかったので、それが良くないのかもしれない。

その時もう一度スマホが震えだした。今度はメールではなく、電話の着信音が急《せ》かすように繰り返される。ディスプレイを見ると、この数日間何回も掛かってきている謎の電話番号だった。

この電話は一体誰からなのだろう。

電話に出たら酷い目に遭うかもしれないと思う恐怖心と、誰からなのか知りたい好奇心が混じりあう。なかなか通話ボタンが押せずにいたが、岡本や別居中の夫ならば、短期間にこまでしつこく電話をしてくるとは思えない。

ひょっとすると、何かの支払いの催促かもしれない。

携帯代こそ仕事探しに必要なのでその都度振り込んでいたけれど、水道、ガス、電気料金などの公共料金は、銀行口座からの自動引き落としになっていた。しかし口座にお金がなければ、それらの料金は引き落とされない。ひょっとするとこの電話は、電気やガスが止まる警告かもしれない。

そう思った瞬間に、指が勝手に通話ボタンをタップしてしまった。

『もしもし、沼尻貴代さんですね』

ドスの利いた低い男性の声だった。岡本でも夫からでもなかったので、少しだけほっとする。

『不動産会社のものです。以前にお送りした督促状はご覧になっていますよね』

「は、はい、見ました」

『明日が支払いの期限ですが、家賃はお支払いいただけそうですか』

いよいよ家賃支払いのデッドエンドがやってきた。

最近はなるべくそのことは考えないようにしていた。真剣に考えてしまうと、不安で狂いそうになるからだ。

「もちろんです。明日銀行に振り込みます」

子供の頃から嘘をつくのは苦手だったけれど、借金のことになると不思議なもので、まるで別人のように口から嘘が出てしまう。

『本当ですね』

「はい、大丈夫です」

もはや気分はやけくそだった。

『沼尻さんは既に三ヵ月連続で家賃を滞納していますから、もはや法律的にも退去の要因になるんですよ』

家賃の滞納は三ヵ月がデッドラインになるのだそうだ。保証人がいればそこから回収することもできるけれども、高齢で無収入の私の母は保証人にはなれなかった。

『本来ならば一四・六％の延滞損害金も請求するところですが、明日入金していただけるのならば、そこは免除すると大家さんは言っています』

「ありがとうございます」

『じゃあ、本当に明日入金してもらえますね？』

「もちろんです」

きっぱりそう言ったものの、入金できる当ては全くない。せめて仕事先が見つかれば、それを理由にどこかから借りられるかもと考えていたが、その仕事すら決まっていない。

『それを聞いて安心しました』

良心が疼《うず》くのと自分が情けないのとで、泣きそうになるのを必死に堪《こら》える。

『もしも明日入金できないようだったら、どんな理由にもかかわらず必ず荷物をまとめてアパートから退去してください。その後、部屋の鍵を換えさせてもらいます。中に荷物が残っていても沼尻さんは部屋に入れなくなりますので、くれぐれもご注意ください』

「わかりました」

そう言って電話を切ったものの、頭の中は真っ白だった。

その時、ホームに赤い電車が入ってきた。あと二、三歩前に出て電車の前に身を投げれば、楽になれるのかなと思ってしまう。


「ママ、今日の給食は何が出るの？」

大きなピンクのランドセルを背負った彩奈が、お気に入りの赤い靴を履いて振り返る。

「今日は、ぶどうパンと牛乳、スパゲッティナポリタンとコーンサラダ、デザートはミックスフルーツだって」

「ナポリタンなら、まあ大丈夫かな」

「大丈夫って、彩奈はナポリタン大好きじゃない。給食のナポリタンは美味しくないの？」

「ギリギリだね。だって給食ってどれも味が薄いから、食べても美味しくないんだもん。同じナポリタンなら、ママが作ってくれるナポリタンの方が全然美味しいよ」

一度だけ彩奈の学校の給食を食べたことがあった。栄養や健康のことを考えているのだろうけれど、たしかに薄口で食欲が湧くような味ではなかった。さらに公立小学校の給食は、どこでも材料費を抑えているので食材の質もいいとは言えなかった。

「じゃあ、今晩は彩奈の好きなカレーにしてあげるね」

「やったー」

彩奈が目を輝かせてそう言ったので頬が思わず緩んだ。

「学校にお弁当を持っていっちゃ駄目なのかな。保育園ではお弁当だったのに」

保育園の時は毎朝弁当を作っていた。そうなると早起きなど私の負担も増してしまうし、金銭的にも高くつく。彩奈には悪いが、学校給食があって本当に助かったと思っていた。

「学校の決まりで、お弁当は持っていっちゃ駄目なことになっているからね。みんなで食べれば美味しいんじゃないの」

「みんなで食べるのはいいんだけど、コロナでお喋りはできないし」

小学校ではずっと黙食が続けられていた。黙ってみんなで薄口の給食を食べても、確かに楽しくはないだろう。

「だけど休み時間とかは、皆と遊べるんでしょ」

彩奈が嬉しそうに頷いた。

「じゃあ、行ってきます」

大きなランドセルを揺らしながら、彩奈は玄関から飛び出していった。それを笑顔で見送って玄関の鍵を閉めると、大きなため息が漏れてしまう。

遂に今日、家賃の支払い期限日を迎えてしまった。

カレーを作る約束をしたことを後悔した。このままでは彩奈にカレーを作ってあげるどころか、今晩この部屋を二人で出ていかなければならない。なんとしてもお金を借りて、今日中に振り込まなければならなかった。


スマホの電話帳の「あ」の名前から順番に、片っ端からお金を借りられそうな人に電話を掛けた。もっと早くそうするべきだとは思っていたけれど、家賃も払えないほどお金に困っているなんて恥ずかしすぎて言えなかった。

しかしもはや背に腹は代えられない。

中学や高校の友達や、コールセンター時代の同僚に、恥を忍んで電話をした。しかしみんな同情こそしてくれたけれども、実際にお金を貸してくれる人はいなかった。

万策尽き果てたと思った時に、電話帳の最後に八つ年下の従妹《いとこ》の名前を見つけた。さすがにお金を借りるのは難しいとは思ったけれど、久しぶりでもあったのでとりあえず電話をしてみよう。

「もしもし沙也加《さやか》ちゃん。私、貴代です。子供の頃よくお祖母《ばあ》さんのお家《うち》で一緒に遊んだけど、私のこと覚えてる？」

一方的にそう捲《まく》し立てた。

『ええ？　貴代ちゃん。本当に貴代ちゃんなの？』

「そうよ。ちょうど二年前に、彩奈と一緒に東京に引っ越してきたんだ」

『そうだったんだ。彩奈ちゃんって今いくつ？』

「小学二年生、もうすぐ八歳なの」

『へー、じゃあもうすっかり大きくなっちゃったね。私が最後に見たのは、まだ赤ちゃんの頃だったから』

それ以来沙也加とは一度も会ってなく、電話で話すのもこれが初めてだった。

『ところで貴代ちゃんどうしたの。そもそもなんで私の電話番号を知ってるの？』

懐かしさが通り過ぎた後、沙也加の戸惑いが電話を通じて伝わってきた。

「特に用事はなかったんだけど、電話帳見てたら沙也加ちゃんの番号があって、つい懐かしくなって電話しちゃった」

『そうだったんだ』

「沙也加ちゃんは、昔から頭が良かったからね。大学はやっぱり楽しいの。確か経済学部だったっけ？」

私は高校を卒業して就職してしまったけれども、沙也加は東京の難関私立大学に現役で合格した。

『うん。楽しいのは楽しいんだけど、大学生活も結構忙しいの。うちの学校は勉強も大変だし、バイトもやってるし、それにいよいよ今年は就職活動もしなくちゃならないから』

沙也加の明るい声が羨ましい。

「ふーん、そうなんだ。でもなんか充実してそうで何よりだよね。娘の彩奈も二年生になったから、そろそろ沙也加ちゃんを見習って勉強させなくちゃと思っているの。彩奈ってもう二年生なのに、まだカタカナが満足に書けないのよ。ほんとに困っちゃうわよね」

どうしてこんなに差がついてしまったのだろう。

子供の頃は同じように遊んでいたのに、向こうは華やかな女子大生で、私は家賃も払えないシングルママだ。

『貴代ちゃん。私そろそろ出掛けなくちゃいけないんだけど』

会話を打ち切りたいのが電話越しにも伝わってくる。

「沙也加ちゃん。ちょっとお願いがあるんだけど」

『お願いって何ですか』

さすがに私も躊躇《ためら》った。沙也加にお金を借りるのは難しいだろうし、断られるのは目に見えている。

「あの……、ちょっとでいいんだけど、お金を貸してもらえないかな?」

しかし思わず、口からそんな台詞が出てしまった。

暫く電話からは何の音も聞こえなかった。

『はあ?』

沙也加の別人のような声が聞こえてきた。

ここ数日、お金を借りるためにさんざんな屈辱と苦労を味わってきたけれど、この沙也加の『はあ？』ぐらい心を抉《えぐ》られた瞬間はなかった。

情けない。

頰を一筋の涙が零《こぼ》れ落ちる。

一体どこで間違ってしまったのか。テニスばかりやっていて沙也加のように勉強はしなかったけれども、それでも真面目に生きてきた。

今、死ねたならと思ってしまう。

しかしそんなことはできない。もしも私が死んだとしたら、一体誰が彩奈の面倒を見るのか。どこで何をやっているかわからない夫に、幼い彩奈を託すわけにはいかないし、認知症の母やその世話に追われる姉も当てにはできない。彩奈のためにも、ここは私が踏ん張らなければならないのだ。そして何とか今夜、彩奈に美味しいカレーを食べさせてあげたい。

そのためならば、どんなことでもしよう。

最後の砦《とりで》は個人間金融だと思った。

もはや「ひととき」を受け入れてでも、お金を借りよう。

岡本のことが気になったので、以前閲覧していた掲示板は避けた。SNSでも、「#個人融資　#個人間金融　#お金貸してください」などと検索をかければ、個人間金融の情報が大量に引っ掛かった。

《担保不要で即日融資します。金利や貸付条件次第で柔軟に対応します。条件を聞いてキャンセルいただいても結構です。気軽にDMください。過去に借りパク歴がある方は対応できません。助け合い金融　小沼未奈美《こぬまみなみ》　#個人融資　#個人間金融　#お金貸してください　#シングルママ》

「助け合い金融」という言葉と、「未奈美」という女性の名前に親近感を覚えた。名前は偽名かもしれないけれど、あくまで個人でお金を貸しているイメージがして信用できそうな気がした。

しかも未奈美のアイコンは、いかにも人のよさそうな五〇歳ぐらいの女性の写真だった。アイコンの写真が本人だという保証はないけれど、自ら女性であることをアピールしているのなら、性的な関係は迫られないのではないか。条件を聞いてキャンセルしてもいいとまで書いてあるのだから、相談してみない手はない。

《家賃を滞納してしまって、今日中にお金を用意しないと追い出されてしまうのです。七歳の子供を抱えていて、働きたくともちょうどいい仕事が見つかりません》

すぐにメッセージの返信がきた。

《それはまずいですね。家を追い出されると住所不定で普通の就職はできなくなってしまいますからね。それでいくらぐらい必要ですか？》

住所不定だと仕事探しも難しくなるのか。今でも面接に受からず苦労してるのに、ますます不安が増してしまう。

《家賃の滞納分の二〇万円を貸して欲しいです》

《二〇万円は高額ですね。うちの初回限度額は三万円なんです》

三万円では全然足りない。
《そこを何とかお願いできないでしょうか》
個人間金融にまで断られてしまえば、もはや荷物をまとめてこの部屋から出ていかなければならない。
《ひょっとして、貴代さんはシングルママじゃありませんか？》
《そうです。小学校二年生の娘と二人で暮らしています》
《シングルママは本当に大変ですよね。うちはシングルママさんには、少し審査基準を緩めにしているんです。お子さんのお名前を教えてください。金利が安くなるかもしれませんし、特別に融資が可能になるかもしれません》
彩奈の学校の情報を知らせてしまうのは躊躇いがあったが、名前ぐらいならばと思いメッセージを送る。
《彩奈です。借りたお金は必ずお返ししますが、今は定職がないので返済期間はなるべく長い方がありがたいです。たとえば一ヵ月に一万円ずつぐらいの返済ではいかがでしょうか？》
そんなメッセージを送った後に即レスが来るかと思ったけれど、なかなか返信のメッセージが着信しない。二〇ヵ月の長期返済はさすがに無理だったかなと不安になる。
一回の返済額をもう少し増やす旨のメッセージを送ろうかと迷っていたら、スマホが小さく震えた。
《利子は一ヵ月で一万円に対して九〇〇円。二〇万円ですから一万八〇〇〇円となります。元金はある時払いで結構ですが、利子だけは毎月必ず入れてください。その条件でよろしか

ったら、今日中に振り込みます》
月に一万八〇〇〇円ならば、仕事さえ決まれば返せないことはないだろう。
一万円で月九〇〇円ならば年利にして一〇八％。安い金利ではないけれども、一〇日で一割のトイチや三割のトサンに比べれば圧倒的に良心的だ。しかもいよいよの時は、利子だけ払えばいいというのもありがたかった。
《是非、その条件でお願いします》
本当にこんな条件で、あっさり融資が受けられるのだろうか。他に無理難題を言われるのではと不安になった。
《最近立て続けに借りパクに遭って困っています。疑うわけではありませんが、免許証と一緒に顔が写った自撮り写真、そして自宅の住所が書かれた電気やガスなどの公共料金の請求書をスマホで撮影して送ってください》
すぐに言われたとおりの自撮り写真と、電気料金の請求書の写真をスマホから送った。
《特に問題がなければ、今日中にお金を振り込みます。お金を入金して欲しい口座番号を教えてください》
口座番号を未奈美に送り、祈るような気持ちで返信を待った。
一〇分、二〇分、三〇分と時間が経ったが、未奈美からの返信は来なかった。
もちろん借りパク歴などないけれど、岡本のことを思い出した。岡本に自分の免許証を晒されていて、それで審査が通らないなんてことはないだろうか。
無事に審査が通るのか。そして未奈美は今日中に入金をしてくれるのか。しかもそれを今日の何時までに、不動産屋の口座に入金すればいいのだろう。

何度もスマホを見直しては、未奈美からのメッセージを確認する。

壁の時計の針は、いつの間にか午後三時を回っている。

スマホの未奈美とのやり取りを見返した。しかし不自然な部分はなく、なんで返信が来ないのかわからない。やはり岡本が私の個人情報をどこかに晒してしまったのかもしれない。

それとも、そもそも未奈美などという女性は実在しなくて、これはただの悪戯だったのかもしれない。ネット上の個人間金融なんかで、お金を借りようとした私がバカだったということなのか。

そう思った時に、手にしていたスマホが小さく震えた。

《たった今、二〇万円を振り込みました》

その文章を見た時に、自分と彩奈の命が首の皮一枚で繋がったような気分になった。しかし安堵のため息を吐く暇もなく、銀行のカードが入った財布を持って私はアパートを飛び出した。

四

「ママのカレー、本当に美味しい。ママのカレーが給食に出ればいいのに」

カレーを頬張りながら、彩奈が弾けるような笑顔を見せる。
《今月分の一万八〇〇〇円を送金しました。新しい仕事も見つかりました。今後とも、よろしくお願いします。　沼尻貴代》
未奈美から借りた二〇万円で滞納していた家賃を払い、我が家は絶体絶命のピンチを脱することができた。その後コンビニのアルバイトが決まり、オーナーの好意で給料を前払いしてもらって、今月分の未奈美への返済を無事にすることができた。
ちなみに未奈美が返済の入金に指定した銀行口座は、サイトウマナブという名義だった。二〇万円を借りた時は、ゴトウミチヨという名前で振り込まれていた。未奈美が本名ではないことは薄々気が付いていたけれど、この二つの口座名のどちらかが未奈美の本名なのだろうか。それとも本名はまた別なのか。訊いてみたい気もしたけれど、地雷を踏みたくなかったのでその疑問は胸の中にしまっておいた。
《入金ありがとうございます。仕事も決まったと聞いて安心しました。まだまだ先は長いですが、よろしくお願いします。ところで貴代さんはシングルママで大変だと思いますが、何か困ったことはありませんか？》
未奈美はお金を貸してくれただけでなく、プライベートなことまで色々相談に乗ってくれた。
《我が家は親子二人の母子家庭なんですが、夫が離婚してくれないので、母子家庭の手当などはもらえないのです。コロナの給付金の時も、私と娘の分をもらうことができなかったんです》

夫の暴力や借金問題から逃れるように家を出てきたので、夫に離婚の相談すらできていなかった。母子家庭の手当だけでも結構もらえるので、そうなればもう少しお金の心配をしないで彩奈を育てられるはずなのに。

《貴代さんは、旦那さんと離婚をしたいのですか？》

夫と会ったら何をされるかわからない。ここの住所を知られることを私は何よりも恐れていた。

《離婚したいのは山々ですが、夫は暴力を振るうこともあったので、離婚を切り出したら逆上してしまうような気がします。未奈美さんには、本当に親切にしていただいて感謝しています。ひょっとして未奈美さんも、私のようなシングルママだったのですか？》

未奈美がシングルママに親身になるのは、かつては自分もそうだったからではないだろうか。

《私はシングルママではありませんよ。だけど父親が事業に失敗し、私が借金を肩代わりさせられたのです。自殺しようと思ったり、返済のために風俗で働いたこともあるぐらいです。だから借金の辛さは身に染みてわかっているつもりです。貴代さんは小さなお子さんを抱えて大変だと思いますが、逆にお子さんがいるから頑張れると思います。私は貴代さんみたいに頑張っているシングルママたちを、応援したいと思っているのです》

父親が事業に失敗したとなると、その借金は大変な金額だっただろう。

「あー、美味しかった。ママ、またカレー作ってね」

いつの間にか彩奈がカレーをきれいに平らげていて、満面の笑みでそう言った。確かに生活は楽ではないが、彩奈さえいればこれからも頑張れるような気がした。

「もちろん！」

カレー一つで彩奈がこんなに喜んでくれるのだから、たくさんのお金はいらない。親子二人で幸せに生きていければ、もうそれだけで満足だった。

「やったー！」

鍋の中に残ったカレーは冷凍保存しそれを温め直して食べれば、食費を節約することができる。しかし来週にはまた家賃を支払わなければならない。五万五〇〇〇円の家賃を払ってしまえば、我が家にはもはや数万円しか残らない。電気、ガス、水道などの公共料金の支払いも滞っていた。もしも予期せぬ出費が発生したらと思うと怖くなるけれど、なるべくそのことは考えないようにしていた。

《とにかく一人で悩みを抱えないことが大切です。所詮はお金の問題です。色々な人に相談すれば、きっといい方法が見つかりますから》

未奈美の優しさが骨身に染みる。

借金の惨めさは借金をした経験のある人にしかわからない。未奈美も相当な苦労をしてきたのだろう。

《どうもありがとうございます。娘のためならば、どんな苦労も耐えられそうな気がします》

カレーを食べ終わった彩奈は、床に寝そべりお気に入りの漫画を読み始めた。その漫画本は、彩奈が何回も読み直したせいですっかりボロボロになっていた。

《しかし小さなお子さんがいると、日中しか働けないから大変ですよね。せめて中学生になれば何とかなるのでしょうけど》

コンビニのバイトの時給は一〇〇〇円ちょっと。平日の五日間びっしり働ければそれなりの金額にはなるのだけれど、希望通りのシフトに入ることができなくて思っていたより稼げなかった。彩奈を一人にはさせられないので、時給の良い深夜のシフトも入れられない。

《学童保育は利用していますか？　娘さんを学童保育に預けられれば、もう少し遅くまで働けると思うのですが》

働くお母さんの仕事が終わるまで小学生を預かってくれる「放課後スクール」「学童クラブ」「学童保育所」などと呼ばれる施設がある。

《自治体がやっている施設に空きがなかったんです。民間の施設だと一ヵ月で一万円以上もかかりますし》

コールセンターで働いていた時はそれを払う余裕もあったけれど、コンビニのアルバイトだとそうもいかない。

《そうでしたか。貴代さんの住んでいる周辺でいい施設がないか、調べてみますね》

「貴代さんの場合は、鬱病というよりは適応障害による鬱的症状が出ていただけなので、もうだいぶ回復されたと思います。夜はよく眠れるようになりましたか」

白衣を着た美人の先生が、赤い縁の眼鏡越しにそう訊ねる。

コールセンターのクレーム対応の仕事を辞めて、一時は家の外に出るのすら苦痛になった。

身も心もボロボロになっていた時に、この心療内科を紹介された。心療内科と精神科の違いもわからなかった私に、先生は親身になってカウンセリングしてくれた。

「だいぶ良くなったと思います。少なくとも前みたいに、途中で目が覚めて涙が出て止まらないようなことはなくなりました」

首に聴診器を掛けた先生は、カルテにペンを走らせながら耳を傾ける。

「そうですか。お薬が効いているということもあるでしょうが、もともと貴代さんの場合は原因がはっきりしていたので、その精神的なショックがなくなれば大丈夫です。もう健康な人と何ら変わりませんから」

先生はにっこり微笑みながらそう言った。

「精神疾患がある方は日本で四〇〇万人以上いて、実に三〇人に一人はこの症状に苦しんでいるのです。しかもこの数字はその時に患っている人の数なので、生涯を通じると五人に一人が心の病気にかかるともいわれています。だから貴代さんも、この病気を特別なものとは思わないで、普段通りの生活を送れば大丈夫です」

「先生にそう言われるとほっとします」

性別が同じ上に年齢も近いようだったので、私は安心して心の悩みを相談することができた。

「そもそも貴代さんの場合、ハードなクレーマーの電話対応をしてこうなったのですから、病気というよりも事故みたいなものです。私だって同じような目に遭ったら、ちょっとおかしくなってしまうかもしれません」

クレーム対応の仕事は本当にきつかった。

耐えようとしても体がついていかなかった。手足が痺れるようになり、頭痛に吐き気、そして最後は普段の生活の中でも電話が鳴ると、怖くて出ることができないようになってしまった。

「最近は電話が掛かってきても、ちゃんと対応できていますか」

この病院に通うようになってからは、急速に症状は改善していた。もっとも最近は家賃のことで頭がいっぱいになっていて、電話恐怖症のことを忘れていた。

「全く問題ありません。ひょっとしたら、もうコールセンターの仕事に復職しても大丈夫なような気がします」

クレーム対応でなければ、コールセンターの仕事もできるような気がしてきた。

「あまり無理をしないで、私としてはゆっくり療養することをお勧めします」

「あとどのぐらいしたら、コールセンターの仕事に戻っても大丈夫ですか」

先生は眉間に皺を寄せ小首を傾げる。

「こればっかりは何とも言えません。しかし無理にコールセンターのお仕事に復帰すると、また体調がおかしくなってしまうかもしれません。病状がぶり返して元に戻ると、また一からのやり直しになってしまいますからね」

コンビニのバイトよりも、コールセンターで日中フルに働いた方が収入は良かった。

「今、コンビニでアルバイトをやっています。その時に電話に出たりもしますが、特に体調がおかしくなったりはしていませんから」

コンビニのバイトは仕事が多すぎて、体調を気にしている暇すらなかった。さらに立ち仕事なので、足腰が疲れて肉体的にもきつい。今思えば座ったままで電話を受けていればよかったのだから、そういう意味ではコールセンターの仕事は楽だった。

「もうしばらくは、今のお仕事を続けてみたらいかがですか」

しかしそれでは未奈美からの借金が返せない。この病院の診察代と薬代も、私にとっては大きな負担だった。

「そうですか」

私は小さいため息を吐いた。

「コールセンターのお仕事以外で働いてみることはできないのですか」

いくら親身になってくれても、所詮は世間知らずのお医者さんだ。シングルママがどれほど仕事に苦労しているかはわからない。

「先生。小さい子供がいても、働ける仕事ってご存じないでしょうか」

お医者さんに訊くようなことではないけれど、ひょっとしてこの先生なら何かいいアドバイスがもらえるのではと思ってしまう。

「私は独身なので子供のことはわかりません。託児所などにお子さんを預けている看護師さんは知っていますが、ほかの仕事はどうなんでしょうね」

高校を卒業して看護学校に行った友達がいたので、託児所が完備されている病院のことは知っていた。

「学童保育のように子供を預かってくれる職場があるといいんですが」

「その辺の事情は、私にはちょっとわかりませんね」

先生は申し訳なさそうに首を傾げる。

「先生。やっぱり負担の少ないコールセンターの仕事を探してみます」

「大丈夫ですか？　また症状がぶり返してしまうのではないかと心配です。そう言えば、地方の介護施設なんかも子供を預けて働けるって話を聞いたことがありますよ」

五

「お弁当は温めてください」

サラリーマン風の男性は、そう言いながらノリ弁当とペットボトルのお茶と週刊誌をレジに置いた。バーコードをスキャンして、すぐにお弁当を電子レンジに入れてスイッチをスタートさせる。マニュアルでは会計が終わってから、弁当を温めることになっている。途中でお金が足りないのに気が付いて客がキャンセルした場合を考えてのことだったけれど、先に「温めてくれ」と言われてしまえばしょうがない。

「ポイントカードはお持ちですか？」

「お箸はお付けしますか？」

想像以上にコンビニのマニュアルは細分化されていた。それでも何とか慣れてきて、仕事にはそれなりの充実感が持てていた。

「いらっしゃいませ」

お弁当を電子レンジで温めている間に、すぐに次の客の商品がレジ台に置かれる。午前一〇時から午後三時までが私のシフトだったけれども、住宅街にあるこのコンビニはお昼前のこの時間が一番混みあった。

「ありがとうございました」

コンビニでは迅速かつ正確にレジをすませて、少しでも客の待ち時間を短くすることが求められた。

「いらっしゃいませ」

あどけない顔をした学生らしき黒髪の女の子が、おにぎりとサラダ、ペットボトルの紅茶、そしてクリスピーサンドをレジ台に載せた。

「アプリかポイントカードはお持ちですか」

「はい、持っています」

彼女が差し出したこのコンビニチェーンのポイントカードを受け取った。

「あれ。岬、ポイントカード作ったんだ」

友達らしき金髪の女の子がそう話しかけた。

「うん、ネットで申し込んだら審査は大丈夫だった」

「九八七円になります」

ポイントカードをリーダーに挿入し、バーコードをスキャンした後に合計金額を伝えると、岬と呼ばれた女の子は財布の中から小銭を取り出し始めた。そうしている間にも、レジ待ちの列が延びていく。

「まずい。お金が足りない。瞳ちょっと貸してくれる？」

「貸してあげてもいいけど、クレジット機能がついているんだからカードで払っちゃえばいいじゃない」

金髪の女の子が笑いながらそう言った。

「そうか。じゃあ、クレジットでお願いします」

「かしこまりました」

早速私はクレジット決済の処理を済ませる。

「どうもありがとうございました」

「え、サインも暗証番号もいらないんですか？」

目を丸くしながら黒髪の女の子がそう訊ねる。

「はい、五〇〇〇円以内ならばサインはいりませんから」

食料品などの換金されにくい商品は、コンビニではクレジットカードでサインレス決済ができた。拾われたカードを使われてしまうではないかと心配したが、コンビニの店内には防犯カメラがついているので、それで犯人を特定できるから大丈夫なのだと店長が教えてくれた。

「コンビニのカードって便利なんだね」

黒髪と金髪の二人の女の子がお喋りをしながらレジ前から離れると、アラフォーらしき茶髪の女が進み出て後ろの壁を指さした。

「いらっしゃいませ」

「メビウスオプション、イエロー、五ミリ」

最初は何の暗号かと思ったが、やっと煙草の種類も代表的なものならばわかるようになった。

「それからこれもお願いします」

さらに「電気料金払込用紙」と書かれた紙を差し出した。

私は唾を飲み込んだ。

レジでそれをどう処理すればいいのか。店長に教えてもらってはいたが、細かいやり方は自信がない。

三人だった客の列にさらに二人が加わった。イチかバチかレジのそれらしいボタンを押して、用紙に印刷されたバーコードを読み込み「お客様控え」を手渡した。


その日コンビニの仕事を終えて帰宅すると、部屋からテレビの音が聞こえなかった。

学校から帰ってくると彩奈は自分で鍵を開けて家に入る。いつもは好きなテレビをつけながら、ボロボロになった漫画を読んでいることが多かったので、まさかいないのではと心配になった。

玄関のドアを開けると、彩奈がぽつんとしゃがんでいた。

「彩奈ちゃん、どうしたの」

急いで近寄って顔を覗《のぞ》き込むと、彩奈が真っ赤に目を腫らしていた。

「学校で何かあったの？」

真っ赤な目から大粒の涙が零れ落ちる。

コンビニのバイトで疲れてしまい、ここ数週間は彩奈を構ってあげる余裕がなかった。

彩奈の嗚咽《おえつ》が止まらない。

一体何があったのか。今朝学校に行く時は、特に変わったところはなく元気だったことを思い出す。

「学校で誰かにいじめられたの？」

小さな手で大きな目を擦《こす》りながら、彩奈は小さく頷いた。

「誰にいじめられたの。ママが学校に行って、もう彩奈をいじめないように言ってあげるから」

最近の学校は過剰なまでにいじめ問題を気にしていた。そして校舎のあちこちに「いじめをやめよう」というポスターが張られていたけれど、それでいじめがなくなるはずもない。

「学校で何があったかママに教えてくれる」

「給食の時、たかし君に言われたの」

「たかし君に何て言われたの？」

たかし君はどこに住んでいるどんな男の子だったか。母親を知っていれば電話の一つでも掛けられるけれど、メンタルを病んでからは学校行事には一切参加できていなかった。

「給食費を払ってない彩奈が、給食を食べるのは泥棒だって」

その一言ですべてを察した。

銀行の口座が空っぽなので、給食費も引き落とされていなかった。学校の先生から何度かメールが届いていたけれど、ないものは払えないのでそのままにしていた。それがどういうわけかクラスメートにバレてしまったのだ。

「あんな不味《まず》い給食なんか食べたくないから、今日は彩奈、給食を食べなかった。だから彩奈、泥棒なんかじゃないよね」

私は彩奈を強く抱きしめる。

この年頃の子供が昼ご飯を抜くということは、並大抵のことではない。

世界で一番大切な彩奈に、こんなに惨めでひもじい思いをさせてしまった。彩奈の目から大粒の涙が流れ落ちたけれど、私の目から溢れ出る涙も止まらなかった。

「そうよ、彩奈は泥棒なんかじゃないからね」

こんなことになるとは思ってもいなかった。

一ヵ月四五〇〇円の給食費はもう四ヵ月間も払えていない。しかし他にも給食費が払えない子供はいたので、なんとかなると思っていたのが間違いだった。

「どうしてママ、給食費払わないの。やっぱりお家にお金がないから?」

どんなに誤魔化しても、生活が苦しいことはわかってしまう。

「大丈夫。ママがうっかりして、ちょっと払うのが遅れていただけだから。先生に言っておくから、明日から給食はちゃんと食べていいのよ」

小さな背中を一生懸命に擦《さす》りながら言った。

「いいこと思い付いた」
急に泣き止んだ彩奈が大きな瞳で私の顔をじっと見た。
「彩奈、やっぱりママが作ったお弁当持っていく。そっちの方が全然美味しいもん」
《未奈美さん。色々親切にしていただいているのに恐縮ですが、一二月の返済は利子分の一万八〇〇〇円だけでもいいですか？》
コンビニの休憩時間に、そんなメッセージを未奈美に送った。
彩奈の給食費を払ったら、今月の元金を返済する分がなくなってしまった。
《そういう条件でお貸ししていますから結構ですけど、何か急な出費でもあったのですか？》
コンビニの近くのイチョウの葉はすっかり黄色くなり、路上に落ちて踏みつけられた銀杏《ぎんなん》から何とも言えない異臭が漂っていた。
《恥ずかしながら、実は給食費が払えていなくて、娘が学校でいじめに遭ってしまったのです。だから今月の返済分は、とりあえず給食代に充てさせて欲しいのです》
他にも給食費が払えない家庭があるらしく、担任の先生にはすぐに払えとは言われなかった。しかし給食費を払わないうちは、彩奈のいじめの原因が解決されたことにはならない。
《事情はわかりました。もしもよろしかったら、追加でもう少し融資しましょうか？　生活に必要なものは払わなければならないでしょうから、それで気持ちを落ち着けてこれからのことを考えた方がいいですよ》
意外なことに、未奈美はさらにお金を貸してくれると言う。

《借金に追われるばかりでは考え方も狭まります。まずは経済的に余裕を持って、新しい仕事をじっくり探した方がいいと思います》
未奈美の言う通りだとは思った。借金の返済に気を取られていないで、もっと長い目で将来のことを考えなければならない。このままコンビニのアルバイトを続けていても、借金を返済するのに何年間もかかってしまう。
しかしどうして未奈美は、こんなにも優しくしてくれるのだろうか。純粋にシングルママを応援したいと言っていたが、自身はシングルママではないとのことだった。
未奈美は一体どんな人物なのだろう。
今まで何回もメッセージのやり取りをしてきたけれど、未奈美の年齢も性別も、そして東京に住んでいるのかも知らなかった。
《未奈美さんはシングルママではないとお聞きしましたが、どうして私にこんなに親切にしてくれるのですか？》
思い切ってそんなメッセージを送ってみた。
《個人間金融でお金を借りる人は、贅沢やギャンブルがやめられないような自堕落な人たちばかりです。そんな人たちにお金を貸せば確かに儲かりはするのですが、あまりその人のためになっている気がしないんです。それよりも真面目に頑張っているシングルママたちを応援する方が、その人のためになれているような気がして好きなんです。貴代さん、苦しい時は一人で我慢しないで人を頼った方がいいですよ》
借金で苦労してきた未奈美だから、そんな発想になるのかもしれない。ギリギリのところで未奈美と知り合えて本当に良かった。地獄で仏という諺《ことわざ》は、まさにこのことを指すのだろう。

しかし、違和感を覚えないわけでもない。

お金で苦労をした経験のある人は、逆にお金にとことんシビアになると聞いたことがあった。こうやって未奈美が親切にしてくれるのは、実は他に魂胆があるからではないのか。私にどんどんお金を貸し付けて、いよいよ首が回らなくなったところで一気に回収する。そんな風に思ってしまうこともあった。

未奈美の本心はどこにあるのか。

しかしくよくよ考えていてもしょうがない。とにかく彩奈と二人で、ここで歯をくいしばって生きていかなければならないのだ。そのためにやるべきことを、一つひとつやっていくしか方法はなかった。

《ありがとうございます。それではあと一〇万円ほど追加で貸してもらえますか》

《わかりました。早速入金しておきます》

次の日、コンビニのATMでお金を下ろした時に我が目を疑った。

残高が多いような気がしたので慌てて通帳を確認すると、未奈美から一〇万円ではなく、二〇万円が振り込まれていた。

《未奈美さん。金額が間違っています。差額の一〇万円と振込手数料はどうすればいいでしょうか》

すぐに未奈美にメッセージを送った。

《すいません、私のミスです。振込手数料がもったいないので、来月の返済の時にその一〇万円も一緒に振り込んでください。もちろんその一〇万円に関して利子はいただきませんから安心してください》

すぐに一〇万円を返金しようと思ったけれど、未奈美がそう言うのでそのままにしておいた。一時的とはいえお金があると精神的に余裕ができ、今後のことを落ち着いて考えることができる。その一方で、この一〇万円に手を付けてしまいそうな予感がして怖くもあった。

六

コンビニのATMから吐き出された通帳を見て、私は長くて深いため息を吐いた。未奈美が誤って一〇万円多く入金した口座の残高が、あっという間に減ってしまった。

給食費がなかなか引き落とされない一方で、今まで延滞していた四ヵ月分の水道料金一万四八九〇円、三ヵ月分の電気料金が一万九七〇〇円、二ヵ月分のガス料金八九五〇円、二ヵ月分のNHK受信料二四五〇円が自動的に引き落とされて、さらに携帯電話代として八七六〇円を振り込まなければならない。

《未奈美さん。やっぱりこの間の一〇万円ですが、延滞していた公共料金が引かれてなくなってしまいました。ですから新たな融資ということで、お借りしたことにしてもいいです

か？　もちろん利子は払います》
そのほか私の病院の治療費や最低限の生活費を考えると、今月の返済も怪しくなっていた。
《そもそも私のミスなので、追加融資ということで結構です。しかし総額四〇万円となると、そう簡単には返せませんね》
このままでは返すどころか、雪だるま式に借金が膨らんでいくばかりだ。コンビニのシフトを増やす相談をしてみたけれど、オーナーは渋い顔をするばかりだった。
《次回の返済日が迫っていますが、大丈夫そうですか？》
未奈美のそのメッセージに、どう応えていいのかわからない。
これから年末にかけてどんな出費があるのだろうか。不安で胸が押し潰されそうになる。
家に向かって歩いている途中、落ち葉とともに一陣の風が吹きつけて私は思わず目を瞑った。
《今後のことを考えて、コンビニ以外で、土日に働ける仕事を探そうと思っています。もしも採用になれば、返済でご迷惑をお掛けすることはなくなると思います》
これ以上節約するのは不可能だ。何としても新しい収入源を探さなければならない。
《採用になるといいですね。返済は急ぎませんので、落ち着いてお仕事を探してください》
相変わらず未奈美は親切だった。
その親切さが却って不安な気持ちにさせる。そもそも月に約一割の金利を払わなければならないので、早く元金を減らさないと我が家は破綻してしまう。
《子供が小さいので、働ける時間に限界があるんです。未奈美さん、土日に効率よく働ける

仕事とか知りませんか》
いくらやる気があっても、時間的に折り合う仕事は皆無だった。
《知らないことはありません。しかし貴代さんは、焦らずコツコツと返済してもらえばいいですから》
そんな仕事があるだろうか。
毎日のように求人サイトをチェックしているけれど、自分ができそうな仕事は限られていた。個人間金融というグレーな仕事をしている未奈美だから、求人サイトには載らないような特別な仕事を知っているのか。
《それはどんな仕事ですか。ひょっとして、法に触れるような仕事ですか？》
《非合法ではありません。しかし貴代さんにはお勧めしませんので、この話は忘れてください》
忘れてくれと言われると、却って何なのか気になってしまう。家に帰る途中にあれこれ考えてみたが、そんな効率のよい仕事は思いつかない。
《それはどんな仕事ですか。興味があるので教えてください》
しかし未奈美は返信をしてこなかった。
人間とは不思議なもので、そうなるとますます気になって落ち着かない。
《未奈美さん。とにかくその仕事を教えてください》
《貴代さん、この話は忘れてください》
未奈美は頑なに仕事の内容を教えようとしない。

《せめてどんなジャンルの仕事なのかだけでも教えてください》

もはや好奇心が抑えられなくなっていた。

《わかりました。働きたい時にだけ働けばいい、副業としては非常に効率のいい仕事です。教えてくれと言われたので、とりあえず求人票を送ります》

添付された求人票を見て思わず息を呑んだ。

それは風俗の仕事だった。借金のかたにソープランドに沈められる。若い女性の多重債務者のよくある末路が脳裏を過《よぎ》る。

《貴代さんにはこの仕事はお勧めしませんが、もしもやられるようならば必ず相談してください。風俗の世界は悪い業者が多いので、変なお店に入ると大変なことになってしまいます。とにかく私の借金は、毎月コツコツと返済してくれればいいですから》

未奈美から借りている四〇万円は、既にシングルママが地道に働いて返せる金額ではなくなっていた。今まで親切にしてきてくれた未奈美だったけれども、実は最初から私を風俗で働かせるつもりだったのだ。

個人間金融というダークな世界にいる未奈美が、純粋な親切心で人にお金を貸すはずがなかった。親切にあれこれ気にかけてもらったのですっかり信用してしまい、今では借金が膨れ上がってしまった。

四〇万円が、とてつもない大金に思えてきた。

しかし添付された求人票を見て、その報酬の良さに驚かされる。

一日、三〜八万円。

一日一〇万円を謳《うた》う高級店もあった。

私の頭の中で勝手に計算が始まった。一日五万円で八日間、一〇万円ならば四日間。土日に働くだけでも、四〇万円の借金はすぐに返済できてしまう。むしろ風俗で働く以外に、未奈美から借りた借金を返す方法などないように思えてきた。

そんなことを考えている自分にぞっとする。

しかしもうすぐクリスマスもやってくる。

今年は彩奈にプレゼントをあげることができるだろうか。


今月の家賃が引き落とされて、遂に残高は二万円を切ってしまった。

コンビニのバイト代は月末締めの二五日払いだったので、それまではまだ一〇日もある。最近すっかり高くなった電気代が二三日に引き落とされる。ガス代の引き落としは二七日なのでまだ助かったが、本体価格を分割で払い続けている携帯代を払ってしまうと、食費に回せる残りのお金は八〇〇〇円しかなかった。

コンビニを出て頭の中で計算をする。

八〇〇〇円を一〇日で割ると八〇〇円だ。一日八〇〇円で暮らすためには、もやし、豆腐、卵などの安い食材を駆使して、肉は鶏肉に頼るしかない。激安スーパーに行けば、食パン一斤を六七円で買うことができた。彩奈が好きなパスタは五〇〇グラムで九三円、うどんは五食で九九円、もやしに至っては一円だ。

そうやって日々の食費はやり繰りすることができるけれど、圧倒的に現金収入が足りなかった。このままでは何か急な出費があるたびに、また未奈美からお金を借りなければならないだろう。

コンビニのバイトが休みで、今日は何もやることがない。来週もイレギュラーなシフトで休みが多く、いっそ何か短期の仕事がないものかと探していた。

彩奈をどこかに預けられれば、もう少し稼げるはずだ。

家にいると気分が落ち込むばかりなので、最近は気晴らしのために近くの公園に行くことが増えた。放課後になると子供たちで賑わうこの公園も、昼間の今は閑散としていた。私はベンチに腰掛けるとスマホを取り出し、求人サイトで子供を預かってくれる仕事がないか探してみた。

心療内科の先生が言っていたように、地方の介護施設は住み込みで働くことができて、仕事の間は子供を預かってくれるところが多かった。

実は高校を卒業した直後に、介護施設で少しだけ働いた経験があった。便がべったりついてしまったおむつの取り換えや、認知症の利用者の想定外の行動への対応など、介護の仕事は精神的にもきつかった。さらに若かった私は、施設のお爺さんや男性職員のセクハラの格好の対象となってしまった。

『ここはあんたみたいな若い子が働くような職場じゃないのよ。介護現場は私みたいな体力勝負の人間じゃないと務まらない肉体労働なの。そんな私も腰を悪くして、もう長くは働けないぐらいだから、ここはさっさと辞めて他の仕事を探しなさい』

お相撲さんのように太った先輩介護士にそう言われ、私は三日で介護の仕事を辞めた。だから介護の仕事は最後の砦だと思っていた。

地方で住み込みとなれば給与面は良くなるかもしれないけれど、彩奈を転校させなければならない。まだメンタルの病気が完全に治っていないのに、環境と仕事が大きく変化することに耐えられる自信はない。

在宅でできる仕事はないだろうか。

内職のように部屋でコツコツとやる仕事ならば、コンビニのバイト代以外の貴重な副収入になる。求人アプリで「土日に在宅で働ける仕事」を検索してみると、意外にもいくつかの仕事が引っ掛かった。

《発売前のゲームをプレイして不具合を見つける。八時間で八五〇〇円。未経験でも安心。研修アリ》

そんな求人が目についた。確かにこれならば、在宅で仕事ができるはずだ。ゲームなどほとんどやったことはなかったけれど、とりあえず名前と年齢、そしてメールアドレスを入力して求人に応募した。

するとすぐに新しくメッセージが表示される。

《決まりやすい人は三件以上応募しています！》

簡単に応募できるのだから、一つよりも複数出した方が採用される可能性が高まるとのことだった。スマホをスクロールさせて他の求人情報もチェックする。

《完全在宅勤務×高収入　PC貸与で経験が活かせる　時給一三〇〇円～。家事育児と両立して働くことが可能です》

それはデータ入力の仕事で、完全在宅というのは魅力的だった。

しかしそこには、エクセル、ワード、パワーポイントを使用した仕事がメインとも書かれていた。エクセルとワードは何とかなるかもしれないが、パワーポイントは自信がない。諦めようかと思ったけれど、駄目でもともと応募先に追加する。

《美容モニター大募集　人気のブランドをタダで体験！　調査一件に付き一〇〇〇円（完全出来高制）。化粧品や健康食品の在宅ワーク》

化粧品や健康食品を試して、そのモニターをする仕事のようだった。「お金をもらってモニターができてラッキー」とも書かれている。今一つ仕事内容がわからなかったけれど、それも応募先に追加して三件まとめて送信した。

勢いで応募した仕事だったが、自動応答になっているようですぐに面接の案内が着信した。

《弊社の仕事にご興味を持っていただいてありがとうございます。早速ですが以下の要領で面接を行いたいと思います》

内容を読んで、軽はずみに応募するべきではなかったと後悔する。

なぜならば面接は日中に行われるので、受けるためにはコンビニのバイトを休まなければならなかった。しかも交通費はこちら持ちなので、不合格だった場合は電車賃も無駄になる。

私は深く考えずに応募した面接を、辞退する旨のメッセージを送信しなければならなかった。

もう一度、真剣に探そうと別の求人サイトで「在宅ワーク　土日勤務　アルバイトパート東京二三区」と書き込み検索をした。

オンライン家庭教師、画像編集、求人原稿の作成とデータ入力など、なにかしらのスキルや経験が必要な仕事に混じって、在宅でできる電話オペレーターやテレフォンアポイントの求人があった。時給も悪くなく、これならば今までの経験も活かせるし、空いた時間に働けば貴重な副収入になるはずだ。

しかし心療内科の先生に、コールセンターの仕事に復帰するのは早すぎると言われたことを思い出す。確かに先生が言うように、今無理をするとまたあの辛かった日々に後戻りしてしまうような気はしていた。

ふと気配を感じてスマホから目を離すと、ゴミ収集箱の上にいたカラスと目が合った。じっと私を見つめているので、一瞬襲われるのではと身を硬くしたけれど、すぐに黒い羽を広げて飛び去っていった。

《パートだったら一ヵ月かかるお金が、風俗だったら三日で稼げる！》

気を取り直して他に高収入の求人がないかとスマホをいじっていたら、いつの間にか風俗の求人サイトに辿り着いていた。

《土日や夜間など空いた時間に短時間で稼げますので、主婦や学生さんの副業としては最適です。容姿が普通の平均的な人で一日三・五万円、それ以上なら一日五万円は確実に稼げます。わずか数日働くだけでパートのお給料並みになります》

そう書かれたネットの記事に目を奪われる。

風俗にも色々あって、最も本格的なソープランドから服も脱がなくていいマッサージだけの店まで、そのサービスの内容も報酬も千差万別だった。そして今、風俗と言えば客がいる家やホテルに風俗嬢をデリバリーするデリヘルが主流で、働く時間をアルバイト感覚で自由に選べるのが魅力なのだそうだ。
風俗専用の求人アプリがあることも知り、躊躇いながらもスマホにダウンロードした。この業界が高給なのは間違いなく、年収で一〇〇〇万円を超えるような人気の風俗嬢も珍しくないらしい。
やはり風俗で働くしかないのだろうか。もしもそうするならば、悪い店に行かないように必ず未奈美に相談するように言われていたことを思い出す。
《未奈美さん。風俗店で働くと本当にそんなに稼げるのですか？》
そんなメッセージを送信してしまった。
《知り合いの高級デリヘル店では、一日一〇万円ぐらいは稼げます。だけど私への借金でしたら、無理をしなくても大丈夫ですから》
一日一〇万円稼げたとすれば、たった四日で未奈美に借りた借金が返済できてしまう。何年かかっても返せそうもなかった四〇万円がたったの四日と思うと、どうしても心が揺らいでしまう。
《働くとしたら、どんなお店がいいですか？》
《決してお勧めしませんが、本当に働くのならば絶対にお金持ちの客が多い優良店に限ります。そういうお店ならばお客さんも優しいし、スタッフもきちんとしています。その一方で激安店には浮浪者みたいな客も来るし、暴力や盗難事件も珍しくありません。ヤクザのような反社会勢力が運営しているところもありますから》
お店選びを失敗すると大変なことになってしまうらしい。

《土日の短い時間だけ仕事をすることも可能ですか？》
平日はコンビニの仕事があった。土日は彩奈がいるので、長時間、一人で留守番をさせることはできない。
《自宅待機でもいいというお店もありますから、指名が入った段階でご自宅まで迎えの車が来たりもします。別途料金を払えば、お子さんを預かってくれるサービスもあります》
彩奈を一人で留守番させなくてすむのならば、一番の問題が解消される。
話を聞けば聞くほど、風俗で働くしかないような気がしてくる。
《しかし良いことばかりでもありません。性病や妊娠のリスクもありますし、万が一誰かに知られるという身バレの心配もあります。またあまりにも簡単に大金が手に入るので、ホストに貢いだりブランド品を買い漁《あさ》るなど、金銭感覚がおかしくなってしまう人も多いです》
ホストに夢中になることはあり得ないし、ブランド品にも興味はない。そんなことよりも、彩奈にもっと美味しいものを食べさせてあげたかった。
《私でもそんな優良店で働けるのでしょうか？　ホームページを見るとみんなきれいな人ばかりで驚いています》
風俗店のホームページには、若くて美人の女の子がずらりと並んでいた。芸能人と比べても遜色がない美貌の持ち主ばかりだった。しかもプロフィール欄には、有名大学の女子大生、元CA、さらにはグラビアアイドルやファッションモデルなどと書かれた女の子もいた。
《もちろん誰でも採用されるというわけではありません。特に高級店は一〇人中九人は面接で落とされますので、貴代さんでも採用されないかもしれません》

「ママ、ごはんまだ？」

気が付くと、彩奈が私の顔を覗き込んでいた。

「ごめんごめん。ママちょっと考え事をしていて、これから急いで作るから」

デリヘルで働くべきかを考えていて、料理をする手が止まっていた。

「ええー？　もう、お腹ペコペコだよ」

彩奈は口を尖らせる。

「ねえ、彩奈ちゃん。ママひょっとすると、土曜日と日曜日に新しくお仕事をするかもしれない。その時は彩奈ちゃんに放課後スクールみたいなところに行ってもらうかもしれないけど大丈夫かな？」

デリヘルで働くと決めたわけではなかったけれども、もしもそうなった時の彩奈の意思を確認しておこうと思った。

「ええー、彩奈、放課後スクール嫌いだな」

以前に学童保育に預けた時は、彩奈が嫌がって大変だった。

「やっぱり、無理かな」

彩奈が学童保育のような施設に行くのが嫌ならば、話はそこでお終《しま》いだった。やはり在宅でできる土日の仕事を探すしかない。

「でも、スイッチ買ってくれたらいいよ。放課後スクールなんか行かなくても、彩奈お家でゲームやって遊んでいるから」

まだ彩奈にはゲームを買い与えていなかった。教育的な意味ももちろんあったが、ゲーム機は本体とソフトで数万円もしてしまい、そんなものを買う余裕などまるでなかった。しかしゲームを持っていない小学生は少数派のようで、数ヵ月前から彩奈はゲームを執拗に欲しがっていた。

「それはまだちょっと早いかな。ゲームは目も悪くなるし、もう少し大きくなったら買ってあげるから」

「もう少しっていつ？　クリスマスになったら買ってくれる？」

彩奈が目を輝かせながらそう訊ねた。

「クリスマスはどうかなー。そればっかりはサンタのおじさんが決めることだから」

「じゃあ、次の彩奈の誕生日は？」

来月は彩奈の誕生月だった。七歳の誕生日に好きなキャラクターのペンケースを買ってあげたら大喜びしてくれた。しかし今度はそう簡単にはいかないだろう。

「ねえママ、やっぱりお家が貧乏だからゲームが買えないの？」

彩奈は寂しそうに呟いた。

「確かにパパがいないから、今まではちょっとお金が足りなかったけど、今ママが新しいお仕事を探しているから大丈夫」

しゃがみこんで彩奈の目を真っ直ぐに見た。

「そうなんだ。まあスイッチ買ってくれるんなら、彩奈、放課後スクールに行ってもいいよ」

小さな頭を撫でてあげると、彩奈は嬉しそうににこりと笑った。

「ところでママ。今日の音楽の時間は、音楽室でみんなで歌を歌ったんだよ」

料理の続きをしながら、背中で彩奈の話を聞いた。

「へー、そうなんだ」

「その時にね、莉緒《りお》ちゃんがピアノを弾いたの。莉緒ちゃんって両手でピアノが弾けるんだよ。ねえ、凄くない？」

莉緒は近所に住むクラスメートで、一戸建てに住んでいた。家が近いせいもあり、一年生の頃から一緒に登下校するほど仲が良かった。

「凄いねー」

「莉緒ちゃんの家には大きなピアノがあって、ピアノのレッスンにも行ってるんだって。彩奈もレッスンを受けたらピアノを両手で弾けるようになるかな」

音楽に興味を持つのは良いことだと思ったけれど、彩奈にレッスンを受けさせるお金などない。

「ピアノって結構難しいのよ。ママも小さい時に少しだけ習ったことがあるけど、両手と同時に足も使わなくちゃいけないんだから」

右足の踵《かかと》を床につけたままで、足の先を上下に二回動かした。

「やっぱり難しいんだ」

可哀想だがピアノへの興味はそのぐらいにして欲しかった。ゲーム機ならばまだいいけれど、ピアノを買って欲しいなどと言われたら堪らない。

「ママ。莉緒ちゃんはピアノの他に、今度新しく塾に行くんだって。私も莉緒ちゃんと同じ塾に行ってみたい」

七

未奈美から教えられた品川のマンションの中にある事務所を訪ねると、スーツ姿の中年男に迎えられた。

「沼尻です。よろしくお願いします」

「未奈美さんからのご紹介でしたよね。どうぞ、上がってください」

玄関でハイヒールを脱ぎ膝をついてきちんと揃え、そして用意されたスリッパに履き替えた。風俗店の面接は容姿や性格はもちろんだけれど、マナーや礼儀作法もしっかり見られるから気を付けるようにと、未奈美からアドバイスされていた。

「店長の蛭田《ひるた》です」

「どうぞお座りください」

蛭田が応接セットの黒いソファーを手のひらで示す。デリヘル店の面接にどんな男が出てくるのかと思ったけれど、蛭田はどこにでもいる地味なサラリーマンのようだった。

「免許証のコピーを取らせてもらってよろしいですか」

バッグの中から免許証を取り出すと、蛭田はそれを持って奥の部屋に消えていった。入れ違いに地味な中年女性が、紙コップに入ったお茶をトレイに載せて現れた。

「どうもありがとうございます」

頭を下げると、中年女性も微笑みながら頭を下げる。雑然としてはいたが、事務所の中は普通のオフィスと変わらない和やかな空気が流れていた。

やがて蛭田が戻ってきて、免許証をテーブルの上にそっと置いた。

「風俗の経験ははじめてですか」

「はい、そうです。未経験でも大丈夫でしょうか」

「誰でも最初は未経験ですから、そこは問題ありません。むしろ風俗未経験の方が、お客さんに喜ばれますから大歓迎です」

それは未奈美からも聞いていた。

「ここで働く理由は、借金の返済ということですよね」

「そうです」

「未奈美さんから、いくらぐらい借りているのですか」

蛭田は腫れぼったい目を細めてそう訊ねる。

「四〇万円です」

「他のところから、借りていたりはしませんか」

私は黙って頷いた。

「本当ですね？」

蛭田の目が鋭く光った。

「それではまずは、給与面のお話からさせていただきます。うちのお店は七〇分コースが四万円、一番長いコースだと三時間で一〇万円となっています。お客さんと会ったところで、その金額を受け取ってもらうわけですけど、店に帰ってきてそのお金を一回入れてもらい、その日の終わりに女性の取り分をバックします。その時のパーセンテージをバック率というのですが、沼尻さんは未経験なので最初のバック率は五〇％となります」

五〇％のバック率だと、四〇万円を稼ぐためにはどのぐらいかかるのか。私は頭を働かせる。

「次に指名料についてですが、お客さんが沼尻さんを指名した場合、指名料の三〇〇〇円は全額あなたの取り分になります。それ以外にお客さんから交通費をいただきますが、それは全部お店の経費になります」

蛭田は丁寧に説明をしてくれるのだけれど、私にはこういう店のシステムが今ひとつ理解できなかった。

「しかし風俗の仕事は個人事業主みたいなものですから、お客さんがつかないと厳しいことになります」

顔を顰《しか》めながら蛭田は言った。

「それはどういう意味ですか？」

サラリーマンの家で育ち、派遣社員やアルバイトしかやってこなかったので、個人事業主と言われてもピンとこない。

「ＯＬやアルバイトは月給や時給が決まっていますから、出勤すれば収入がゼロになることはありません。うちの店は一〇〇％の歩合給なので、新人でも客が一人もつかなければ収入はゼロになります」

つまりこの面接に受かったとしても、必ずしも四〇万円返済できるとは限らないということなのか。

「沼尻さんは、ホームページで顔見せができますか？」

「昼間の職場の知人やママ友とかもいますので。顔を出すのはちょっと無理だと思います」

「ホームページに顔が載っている方が指名される確率は高いのですが、それはそれで結構です。うちのお店でも大半の女性は顔を出していませんので、そこに大きな問題はありません」

その辺は未奈美からも聞いていた。顔出しが必須だと言われたら、この仕事はできないと思っていた。

「そうなるとプロフィールの書き方が重要になってきます。一流大学の現役女子大生とか、秘書や受付嬢をやっていたとか書くとお客さんからの受けがいいんですが、沼尻さんはそのような特別な経歴や職業をやっていた経験、または特別なアピールポイントはありませんか」

私は黙って首を左右に振った。

「そうですか。まあ最初はフリーのお客さんを、新人の沼尻さんに付けますから安心してください」

特に女の子の指名がないお客さんを、業界ではフリーの客と呼んだ。そういうお客さんは店のスタッフのお薦めに従うので、新人の人気が出るかどうかは電話を受けた店のスタッフにかかっていた。

「新人さんはフリーのお客さんが喜んでくれますので、最初のうちがチャンスです。時間が経てばまた新しい女の子が入ってきますから、そのお客さんに次から本指名してもらえるようになると収入は安定します。長くこの仕事を続けられる人は、ルックスや過去の経歴ではなく、結局のところそういうリピート客を数多く抱えられる人たちなんです」

「どういう人だと、リピートのお客さんがつきやすいんですか」

「そうですね」

蛭田は口をへの字に結び、小首を傾げて考える。

「一言では何とも説明できませんが、一緒にいると楽しいとか癒されるとか、やっぱり人間的な魅力のある人だと、リピート客はつきやすいですね」

単に美人だとか、若ければいいということでもないらしい。

「ところで沼尻さん、美容院にはいつ行かれました」

思わず髪の毛を押さえてしまった。体調を崩していたことと、あとはとにかくお金がなかったので、もう六ヵ月間も美容院に行ってない。

「もう暫く行っていません」

小さな声で答えたけれども、顔から火が出るほど恥ずかしかった。

「働くとしたら、いつから可能ですか？」

「いつからでもいいのですが、日中は別の仕事をしているのでまずは土日だとありがたいです。このお店は子供を預かっていただけるサービスもあると聞きましたが」

「お子さんはおいくつですか」

「小学二年生です」

もうすぐ彩奈の誕生日だった。クリスマスに長靴に入ったお菓子セットをプレゼントしたけれど大して喜んではくれなかった。

「ならば大丈夫です。しかし預かると言っても保育所じゃないので、さっきの女性みたいなスタッフが、沼尻さんが働いている時間だけ面倒を見ることになります。だから深夜は難しいですが、土日の日中ならば誰かいますので預かることは可能です」

そのことが一番気になっていた。今までどんな仕事を探しても、彩奈を家に一人にすることがネックになっていた。

「それでは最後に、ボディチェックをさせていただきます」

そう言うと蛭田は立ち上がって、応接セットの前に掛かっていたカーテンを閉めた。

何を言われたのか理解できず、ソファーに座ったままで蛭田のことをポカンと見上げていた。

「まずは立ち上がってもらえますか」

「すいません。ボディチェックって何ですか」

「沼尻さんに裸になってもらって、全身をチェックさせていただきます。うちは高級店なので、タトゥーがあったりすると不採用になります」

「今、ここでですか。この場で服を脱ぐんですか」

未奈美からは、そんなことをされるとは聞いていなかった。

「そうです。今、ここで服を脱いでください」

蛭田は頷きながらそう言った。

私は周囲を見回した。カーテンを閉めてくれたので、ほかの人間に見られることはないけれども、腫れぼったい目をした中年男性が目の前にいて私のことをじっと見ている。

「それではお願いします」

もしもデリヘルで働けば、何人もの男の前で裸にならなければならないのだ。女子高生でもあるまいし、いつまでも躊躇しているわけにはいかなかった。

蛭田の視線を感じながら、後ろ向きになってワンピースのホックを外した。そして肩からワンピースがすとんと床に落ちると、上下の下着とパンストを履いただけの姿となった。

「パンストも脱いでください」

腰を曲げてパンストを脱ぎ、両手で下着を隠しながら蛭田の前に立った。

「ちなみに働くことが決まったら、下着は新しいものを買ってください。できればレース付きの黒や赤などのセクシーなものにして、さらにガーターをしているとお客さんの受けはいいです」

どんどん顔が熱くなる。

蛭田に裸同然の姿を見られることよりも、ヨレヨレの下着を着ていることが恥ずかしかった。この下着はもう何年も前に、茨城のスーパーで買ったものだった。

「それでは下着も脱いでください」

氷のような眼をして蛭田が言った。こんなヨレヨレの下着でも、初めて会った男の前で脱ぐことには抵抗があった。

「沼尻さん。今ここで脱げないようならば、タトゥーや何か裸を見せられない理由があると考えて不採用になります。そもそも人前で裸になることができなければ、この仕事は務まりませんよ」

もう覚悟を決めるしかなかった。

後ろ向きになってブラジャーのホックを外す。脱いだブラジャーを床に置き、今度は体を斜めにしながら屈んでショーツを脱いだ。それをブラの上に畳んで置いて、手で胸と股間を隠しながらもう一度蛭田の方を向いた。

蛭田は肌に息がかかるほど近づいて、後ろに回り込んだり屈んだりしながら私の全身をチェックする。

「帝王切開のあとがあったりすると困るのですが、どうやら心配なさそうですね」

そんなことまでチェックされるのか。

「きれいなお肌をしていますね。スタイルも良いし、これならば問題ないと思います」

「本当ですか」

夫と別居して以来、男性に肌を見せたことはなく、そもそもそんな風に褒められたこと自体生まれて初めてだった。髪の毛や下着のことで恥ずかしい思いをしたので、蛭田のその一言に思わず心が弾んでしまう。

「どうも失礼しました。それでは服を着ていただいて結構です」

蛭田が後ろを向いてくれた間に、私は急いで下着を身に着ける。

「源氏名はどうしましょうか。こういうお店では本名は名乗れませんので、源氏名という仮名を付けることになってるんです」

「それでは私は、合格したってことですか？」

「はい、沼尻さんさえよろしければ、すぐにでも働いてもらいます」

一〇人中九人は不採用になると聞かされていたので、その場で採用を告げられるとは思ってもいなかった。

「沼尻さんはお肌が白くてきれいなので、美雪っていう名前はどうですか」

「すいません。私まだこの仕事をするかどうか決心が付いていないんです。面接もきっと落ちると思っていたので……」

説明を聞いて納得できた点も多かったけれど、逆に心配になってしまったこともあった。そもそもどんなサービスをすればいいのか、肝心なことが全くわかっていなかった。

「具体的な仕事の内容は、この後スタッフからご説明します。それを聞いてから、働くかどうかの判断をしてもらって結構です。しかしホームページの準備があるので、源氏名だけは決めておきたいんです。とりあえず美雪でよろしいですか。それとも何か希望の名前でもありますか」

もう私がここで働くものと決めつけているようだった。未奈美にもとりあえず面接を受けるだけだと伝えてあったが、うまく伝わっていないのかもしれない。

「そうだ。それじゃあ名前は未奈美にしてください。ここに紹介してくれた未奈美さんの名前を借りて」

なぜか咄嗟《とっさ》にそう閃《ひらめ》いた。

「申し訳ありません。ミナミという女性が既にこのお店に在籍しているんですよ。そのミナミは美しい波と書いて美波なんですが、同じ読み方の名前にすると混乱してしまうので、その源氏名は使えません」

蛭田は空に指で「美波」となぞりながらそう言った。

「そうなんですか」

軽くため息を吐いた私の脳裏に、ある考えが思い付いた。

「その美波さんって、おいくつぐらいの方なんですか」

その「美波」が、個人間金融でお金を貸してくれた「未奈美」なのではないだろうか。

「美波さーん、ちょっとこっちに来てもらえますか」

蛭田は事務所の奥に向かって声を上げた。

「何でしょうか？」

怪訝《けげん》な表情でやってきたのは、先ほどお茶を出してくれた中年女性だった。

「以上が基本的な接客の流れね。しかし特にこうしなければいけないということがあるわけではないので、あとはお客さんとの会話の流れで臨機応変にやれば大丈夫よ」

美波に近くのラブホテルに連れていかれ、二人で裸になって実地講習をしてもらった。それは想像していた以上で、初めて知ったようなサービスも含まれていた。

「私にうまくできるでしょうか」

ヨレヨレのブラジャーを着けながらそう訊ねた。とても自分には務まらない仕事だと感じていた。

「慣れてしまえば簡単よ。それにうまくできなくても、それはそれで初々しいということで許されちゃうかもしれないから。それよりも新人さんには無理難題を迫ってくる客が多いから、うまくその辺をあしらえるかどうかが大変だろうな」

美波は目鼻立ちがはっきりした女性で、若い頃はかなりの美人だったように見えた。さばさばした性格も好感が持てて、こんな人ならばリピート客がつくのかもしれない。

「美波さんも、お店で働いていたんですよね？」

しかし目元や首元の皺が目立ち、贔屓《ひいき》目に見ても四〇歳は超えている。お腹も少し出ていて、現役の風俗嬢としてはかなり無理があるだろう。

「さすがにこの年で現役は難しいから、昼間は経理や事務の仕事をして社員として雇ってもらっているの。そしてこうやって新人の指導をするのは、もっぱら私の担当。店によっては男性が指導するところもあるんだけど、どうしてもセクハラっぽくなっちゃうからね」

あの蛭田から、同じような実地講習を受けていたらと思うとぞっとした。

「でもたまに昔の常連客から指名が入ることもあるし、本当に忙しい時には私もお客を取ったりするのよ」

美波は自慢気に微笑んだ。その名前から個人間金融の未奈美と関係があるのではと思ったけれども、未奈美とは全くの別人だった。

「私まだ、ここで働くかどうか決めかねているんです。私みたいなタイプでも、務まるんですかね」

美波は軽く体を引いて、私の全身をじっと見つめた。

「そうねー。さすがに現役女子大生と言い張るには無理があるよね」

美波は目を細めてそう言った。

「ルックス的にはいけると思うけど、あとはメンタルの問題ね」

「どういうメンタルだと、この仕事に向いているんですか？」

「わかりやすく言えばエッチが好きな人ね。そういうことに抵抗がない人は、割と楽しく働けるよ。女子大生が増えているのも、昔と違って最近は性に関する情報がネットとかに溢れていて、その辺に抵抗がない子が多いからだと思う。逆にそういうことに後ろめたい気持ちのある人は、うまくいかないわね」

自分はどうだろうか。そもそも経験が少なすぎて、何とも判断が付かなかった。

「ところで貴代さんは独身なの？」

左の薬指の指輪は生活費のために売り払ってしまった。

「結婚はしているんです。実は子供も一人います。だけど旦那とは別居中なんです」

「へー、そうなんだ。旦那さんはどんな人だったの？」

「どう説明すればいいんですかね……」

小首を傾げて考える。いつも思うことだけれど、夫のことを的確に人に説明するのは相当難しかった。

「敢えて言うならば、何を考えているのかわからない人ですね。普段は凄く優しいのに急に暴れ出したり、正直もう二度と関わりたくないです」

夫はちょっとしたことで性格が豹変することがあった。怒鳴ったり暴力を振るわれた直後に、泣きながら土下座して謝られたこともある。夫に会いたくないのは、暴力を振るわれそうになる恐ろしさもあったけれども、そのよくわからない性格に付き合い切れないと思っているからだった。

「暴力を振るう男って本当に最低よね。私の別れた旦那もＤＶ男だった。女ってどんな男と結婚するかで、人生が大きく変わっちゃうからね」

「本当ですね」

二人同時に大きなため息を吐いた。

「高校でお金のことを教える授業が始まったらしいけど、男の選び方も教えてほしいね。悪い男と結婚したら、女の一生は台無しだから」

美波が笑いながらそう言ったけれども、全くその通りだと頷いた。

「旦那さんとは離婚しないの？」

「離婚させてくれなんて言ったら、どんな目に遭わせられるか。怖くて今の住所も教えていないんです」

ため息混じりにそう言うと、美波が真面目な顔をして私の顔を覗き込んだ。

「ねえ、弁護士に頼んでみたら？　私も離婚するのに苦労したけど、弁護士に頼んだらあっさりできちゃったから。なんならその弁護士を紹介してあげようか」

そんなことは今の今まで一度も考えたことがなかった。

確かに弁護士に入ってもらえれば、暴力を振るわれることもないだろうし、夫に会わずに別れられるかもしれない。

「美波さん、是非お願いします」

八

《面接に合格したそうですね》
山手線に揺られていたら、未奈美からのメッセージが着信した。
《そうなんですけど、まだお店で働く決心がついていないんです》
風俗しか借金を返す方法がないかもと思い面接を受けてみたけれど、美波の話を聞いてから真剣に離婚のことを考えるようになった。もしも本当に離婚できるのならば、母子家庭の手当がもらえるので風俗で働かなくてもすむかもしれない。
《了解しました。ところで今月の返済期日が迫っていますので、くれぐれもよろしくお願いします》
美波から紹介された弁護士事務所は、新宿駅から歩いて一〇分ぐらいのところにあった。

受付にあった内線電話で来訪を告げると部屋に通された。黒い革のソファーに座った途端、黒いスーツ姿の女性がトレイを持って現れて、私の前とその対面に茶托に載せた湯飲み茶碗をそっと置いた。その女性と入れ替わるようにグレーのスーツに赤いネクタイを締めた若い男性が現れたので、私は慌てて立ち上がり頭を下げた。

「沼尻貴代です」

「弁護士の吉岡です。話は佐々木さんから伺っています。どうぞお座りください」

佐々木は美波の本当の苗字だった。吉岡には美波がデリヘルで働いていることは、内緒だった。

「離婚問題でしたよね」

吉岡が座ったソファーの背後には大きな本棚があり、六法全書などの分厚い本がずらりと並んでいた。

「そうなんですけれど、実はＤＶから逃れて東京に出てきたので、夫に住所を知られたくないのです。それでも離婚はできますでしょうか」

当然住民票も移してはいなかった。彩奈を小学校に入れる時にそのことが問題にならないか心配だったけれど、ＤＶに悩む母子家庭は多いらしく、それまでの住民票のままで入学することができた。

「離婚届やその他の必要書類の送付先は、この弁護士事務所にすることができますから、旦那さんに今の住所が知られることはありません。裁判所にも秘匿してもらいますので、住所を知られずに離婚交渉をすることは十分に可能です」

神経質そうに、銀縁の眼鏡のブリッジを右の中指で押し上げながら吉岡は答える。

「できれば夫と一度も会わずに離婚したいんですけど」

都合のいいことばかり言って呆れられるのではと心配しながら、吉岡の表情を窺った。

「なるほど。旦那さんからDVを受けた時の心の傷が、未だに癒えていないということですね」

「それもそうですが、夫は捉えどころのないタイプなので、会って話をしてしまったら、いいように丸め込まれそうで怖いんです」

「離婚調停は両者が顔を合わせて話し合いをするのが基本ですが、それでも事情を説明すれば私たちが代わりに進めることができます」

その言葉を聞いて、私は急速に目の前が開けていくような気分になった。

「もしも夫が離婚をしたくないと言い張ったらどうなりますか」

「その場合は離婚訴訟になります。ちなみに旦那さんからDVを受けた時に、病院には行かれましたか」

「いいえ」

夫に叩かれ痣《あざ》ができたことはあったけれど、骨折など病院に行くほどの大怪我をしたことはなかった。

「DVを受けていれば一〇〇%裁判で離婚はできますが、それを証明しなければなりません。病院の診断書があれば一番良いのですが、DVで悩んでいた時の日記とか、誰かにそれをメールで相談した時の履歴が残っていたりしませんか」

夫から逃れ彩奈と東京で暮らし始めたのは、もう二年も前のことだった。日記を付けるような習慣はなかったし、当時誰かに夫のＤＶについてメールで相談したこともなかった。

「それがないと離婚は難しいってことですか」

「やってみないとわかりません。しかし離婚裁判となると費用もかなりかかりますし、特別な事情がない限り、実は離婚で裁判になることは珍しいのです」

絶対に勝てる保証がなければお金をかけて裁判をするメリットがないので、普通は話し合いで決着をつけるそうだ。

「特別な事情ってどんな場合ですか？」

「よくあるのは子供の親権問題です」

吉岡は湯飲み茶碗を持ち上げて一口啜ると、私にも「どうぞ」とすすめた。

「絶対に娘の親権は手放したくないのですが」

「親権に関しては母親の方が圧倒的に守られていますから、よほどの事情がない限り大丈夫だと思います。貴代さんが養育放棄をしているとか、犯罪行為に加担しているとか、公序良俗に著しく反しているとかならば別ですけれど」

デリヘルで働くことは、公序良俗に反するのだろうか。美波のこともあるので、不用意にそれを訊くわけにはいかなかった。

「貴代さんは、お仕事は何をされていますか」

「今はコンビニでアルバイトをしています」

「お子さんはお一人と聞いていますが、離婚となると旦那さんに養育費を払ってもらわないといけませんね。それからDVを受けていたのならば、その慰謝料も請求できます」

吉岡は淡々とした口調でそう言った。

「夫は定職についていないかもしれないんですが、そんな人にも養育費を請求できるんですか」

「請求はできます。しかも払わない場合は、裁判所に相談して履行勧告や履行命令をしてもらうこともできます。しかし法的な強制力はありませんし、そもそも旦那さんに支払う能力がなければどうしようもありません」

それならばあまり期待はできないだろう。それよりも母子家庭の手当をもらう方がよほど現実的だ。

「離婚できるまで、何日ぐらいかかるでしょうか」

「話し合いであっさり旦那さんが同意してくれれば、離婚届を出すだけですから明日にでも離婚はできます。しかし親権や慰謝料そして財産分与などで揉めると、最悪の場合は裁判ということになりますので一年以上かかってしまうかもしれません」

吉岡は眉間に皺を寄せながらそう言った。

「なるべく早く離婚したいのですが」

「そうなると、慰謝料や養育費である程度妥協することが必要でしょうね」

「お金はもらえなくてもしょうがないと思っています。ところで先生、弁護士費用はいくらぐらいになりますか」

「話し合いで合意できれば、費用はそんなにかかりません。もう二年も別居していることですし、弁護士の私が間に入ればあっさりハンコを押してくれるかもしれませんね」

そうなってくれたらどんなにいいだろうか。

「是非お願いします。子供のためにも離婚は絶対にしたいんです」

「お嬢さんのこともありますが、離婚ができれば貴代さんも幸せな再婚ができるかもしれません。貴代さんは二〇代でまだお若いですから、人生をやり直すことはいくらでもできますよね」

そんなことは思ってもいなかったが、確かに離婚が成立すれば法律的に他の誰かと結婚できることになる。ここ数年間ずっと暗雲が垂れ込めていた私の人生が、大きく変わるような予感がした。

「吉岡先生、夫に連絡を取ってもらえませんか」

《デリヘルの店長がそろそろ結論を教えて欲しいと言っています。何と返事をしておきましょうか?》

未奈美からそんなメッセージが届いていた。それに何と返信しようか、バイト先のコンビニに向かっている間ずっと考えていた。

一度でも風俗の仕事をやってしまえば、失ってしまうものがあると思っていた。コンビニで長時間働くことがバカバカしくなるかもしれない。そして自分ではない自分になってしまい、お金の使い方も価値観も、そして考え方自体が根本的に変わってしまうような気がした。

公立中学の前を通りかかると、体操服姿の生徒たちがサッカーボールを蹴っていた。もう何年かすると、彩奈もこの中学校に通うことになるはずだ。

彩奈のために、もっとお金を稼がなければならない。いまはまだ小学生だから大して教育費はかからないけれど、中学、高校、大学とこれからのことを考えると狂いそうになってしまう。

夫が離婚に同意してくれるのではという淡い期待もあった。もしも養育費や慰謝料を払ってくれたら問題は一気に解決する。そこまでうまくいかなくても、母子家庭の手当がもらえれば暮らしぶりは楽になる。

しかし夫が離婚に応じなかったら、吉岡にいくら弁護士費用を払えばいいのだろう。その場合は費用を稼ぐために、風俗の仕事をやるという妙な事態に陥る可能性もあった。

《未奈美さん。申し訳ありませんが、店長にもう少しだけ結論を待ってもらうように伝えてくれませんか？》

風俗の仕事をやる決心も、そしてやらない決心も自分ではすることができなかった。だから夫が離婚に対してどういう気持ちでいるかが、結果的に風俗で働くかどうかを決めるような気がした。吉岡はなるべく早く夫に連絡すると言っていたので、今日の午後にも電話で様子を聞いてみるつもりだった。

その時、スマホが小さく震えた。

《沼尻さん。先日面接を受けられたテレフォンアポイントの仕事で、急に欠員が出たらしく急遽《きゆうきよ》採用の連絡が来ました。もう既にどこか他の会社で採用が決まってしまいましたか？》

すっかり諦めていた仕事だったけれど、人材派遣会社から採用の通知が届いた。しかも空いた時間だけの在宅勤務でいいと言う。

《大丈夫です。今週からでも働けます》

これが上手くいくならば、風俗で働かなくてもすむはずだ。諦めずに面接を受け続けて本当に良かった。

《それではオンラインで仕事の内容を説明しますので、ご自宅にパソコンと資料をお送りします》

昨日は雪がちらついたが、今日は暖かくて朝から過ごしやすかった。私の人生も最悪の時期を抜け、今日の天気のようになるのではと、空に浮かぶ綿菓子のような雲を仰ぎ見てそう思った。

その直後にスマホが鳴って、一本の電話が着信した。見覚えのない番号に一瞬躊躇したけれど、新しい仕事に関する電話かもと思い通話ボタンをタップする。

『もしもし』

その声を聞いた瞬間、頭の中にブリザードが吹き荒れて一瞬にして全身が凍り付いた。

『これは沼尻貴代の携帯ですか？』

それは二年ぶりに聞く夫の声だった。私は何と答えたらいいのかわからず、無言のままスマホを耳に押しつけていた。

『もしもし、貴代だよね。ねえ、聞こえてる？』

何も言わずに切ってしまおうとも思ったけれど、恐怖心から勝手に口が反応してしまう。

「はい。聞こえています」

『貴代。急に彩奈を連れていなくなったと思ったら、今度は弁護士を通して離婚がしたいだなんて勝手すぎるよ』

「ど、どうして、この番号がわかったんですか」

『色んな偶然が重なって、番号を知ったんだよ。貴代も大変そうだからとりあえず様子を見ていたんだけど、弁護士を通じて離婚を切り出されたら黙っているわけにはいかないからね』

「ひょっとして、私の住所も知っているんですか」

『もちろん』

携帯番号だけでなく住所も突きとめられてしまった。ごく限られた人にしか教えていなかったのに、どうやって調べたのだろう。

『弁護士を雇えるぐらいだから、貴代も余裕があるんじゃないの？』

「コンビニのアルバイトで、何とか彩奈と暮らしているんです。借金もあるから、全然ラクじゃないです」

『本当？　俺の知らないところで、風俗とかで働いていたりするんじゃないのかな』

デリヘルの面接を受けたことを知っているはずがないと思ったけれど、夫は昔から勘が鋭かったので空恐ろしい気分になった。

「していません。お願いです。私と離婚してください」

勇気を振り絞ってそう言った。怒り狂った夫から大声で怒鳴られると思い、思わずスマホを強く握りしめる。

『そんなに俺と離婚がしたいんだ』

しかし意外なことに気弱そうな声が聞こえてきた。

「お願いします。離婚してください」

上擦った声でそう言うと、暫く何も聞こえなくなった。

本気で夫を怒らせてしまったか。怒ると夫は豹変するので、その沈黙が恐ろしかった。

『条件次第では離婚してあげてもいいよ。別に俺は貴代との結婚生活に拘《こだわ》っているわけじゃないから』

意外な言葉が返ってきた。

「条件って何ですか」

『親権だよ。俺に彩奈の親権をくれるなら、離婚してあげてもいいよ』

「それは駄目です。彩奈は私が育てます。裁判になっても余程のことがないかぎり親権は母親側に認められると、弁護士さんから聞きました」

彩奈を夫に渡すことは絶対にできない。

『それは経済的に自立できている場合だよ。貴代は今、ギリギリの生活をしているんだろ。そんな環境じゃ彩奈を満足に育てられないよ。まだ小学生だから今はお金はかからないけど、大学に行くことまで考えればお金はいくらあっても足りないからね。もっとも僕が十分な養育費を払ってあげられればいいんだけどね』

お金のことを考えると憂鬱になる。もうすぐ雛祭りがやってくるけれど、彩奈は折り紙の雛人形しか見たことがなかった。

「養育費をもらおうだなんて思っていません。だけど離婚ができれば、母子家庭の手当がもらえるんです」

夫からの養育費など端《はな》から当てにはしていない。しかし申請が認められれば、彩奈が一八歳になるまで手当がもらえるはずだ。

『なるほど、俺と離婚した方が貴代には経済的なメリットがあるってわけだ。それなら弁護士を雇ってでも、離婚したくなるよな』

「お金だけの問題じゃありません。そうすればあなたのDVから、私も彩奈も永遠に逃れられますから」

『ちょっと、DVだなんて人聞きの悪いことはやめてくれよ。あれはちょっと手が当たっただけじゃないか。あの程度の喧嘩はどんな夫婦だってあるだろう。貴代の弁護士にも言っておいたけど、あれは絶対にDVなんかじゃないからね』

DVなどなかったと、夫はこのまま白《しら》を切り通すつもりだろう。あの時に病院に行って、診断書をもらっておけばと後悔する。

『俺のことをDV男呼ばわりするのならば、貴代の彩奈への躾《しつけ》や虐待の方がよっぽど問題なんじゃないのか』

夫のこういうところが苦手だった。DVも躾も虐待も、受けた側のとらえ方で事実は異なってくる。

「それこそ変なことを言うのはやめてください。私は虐待なんかしていません」

『貴代はいつもそう言うけれど、昔からメンタルがおかしくなると、まるで人が変わったようになるからね』

「いい加減なことを言わないでください」

思わず声が大きくなる。

「私は一度も、彩奈を虐待なんかしたことはありません」

忙しい時に彩奈が愚図ったり不機嫌な態度をとったりすると、大きな声で怒鳴ったり、思わず手を上げてしまいそうになることはあった。しかしその程度ならば、世の中のたいがいの母親も同じはずだ。

「とにかく離婚をしてください」

『だから親権をくれれば、離婚してあげてもいいよ。それとも裁判で白黒つける？』

「裁判なんかになったらお金もかかるし、あなたも弁護士費用で大変なことになりますよ」

吉岡から聞き齧った知識で私は必死に抵抗する。

『知ってるよ。貴代が弁護士なんか立ててるから、こっちもそれなりに勉強したよ。だけど冷静に考えれば、彩奈のことを一番に考えるべきじゃないのかな。お金の問題もあるけど、母親がいかがわしい仕事をやり始めたら、彩奈の教育上かなり問題になるんじゃないか』

まるで私が風俗で働いているかのように夫は言った。

確かにそうなってしまったら、彩奈にとっていいはずがない。万が一学校にばれたりしたら、とんでもないいじめに遭うだろう。

「あなたは今、仕事はどうしてるんですか。姉から仮想通貨の仕事をしてるって聞いたりもしたけれど」

夫の口調には余裕が感じられた。ひょっとすると仕事の方は、うまくいっているのかもしれない。

『仮想通貨？　ああ、まあそんな仕事もやってたかな』

「それって何かの詐欺じゃないんですか」

『ところで彩奈は元気にしてる？』

まるで私の言うことなど、聞こえていないかのようだった。

「あなたには関係ありません」

『関係ないことはないだろう。仮にも俺は彩奈の実の父親だよ』

彩奈を夫に近づけてはならない。この疫病神《やくびょうがみ》のような男に付き纏《まと》われたら、彩奈まで不幸になってしまう。

『もう一度、家族三人で仲良く暮らすのも悪くないよね。俺は親権をもらうよりも、そっちの方がいいと思っている』

その言葉を聞いてぞっとした。夫と同じ屋根の下で暮らすなど、想像しただけで倒れそうだ。

「離婚してください」

『ねえ、たまには彩奈も入れて三人で飯でも食べようよ』

「離婚してください」

『話にならないな。いいですか、貴代は俺に何も言わずに彩奈を連れていなくなった。もしも俺がその気になったら、貴代を誘拐犯として訴えることだってできるんだよ』

「お願いです。離婚してください」

『外国だったら、母親による子供の連れ去りは立派な誘拐事件だよ。貴代にはことの重大性がわかっているのかな』

「本当に離婚してください」

『貴代。もしも俺が同じように、いきなり彩奈を連れ去ったらどうする？』

微かに笑い声が聞こえてきた。この人だったら本当にやりかねないと思い、背筋が寒くなった。

「あなたを殺して私も死にます」

九

「旦那さんが離婚に同意してくれたのですか？」

いつもは冷静な吉岡の声が大きくなった。

居ても立ってもいられなくなった私は、夫のことを相談するために新宿の事務所を訪れていた。今日も私の前には、茶托に載せられた湯飲み茶碗が置かれていた。

「同意してくれたわけではないのですが、夫からいきなり電話が掛かってきて、親権を譲るなら離婚してもいいって言うんです」

吉岡は今日もグレーのスーツ姿で赤いネクタイを締めていた。

「連絡先を知られてしまったのですか。それは危険ですね。今後はそういうことがないように、私の方から接近と電話を禁止する旨の警告文書を送っておきましょう。それでも懲りないようでしたら、裁判所に申し立てて本当に接近禁止命令を出してもらいます」

ほっと胸を撫でおろす。やはり法律に詳しい人は頼りになる。

「しかしどうやって旦那さんは、貴代さんの連絡先を知ったのでしょうかね」

「わかりません。ひょっとすると探偵でも雇ったのかもしれません。夫は昔から怪しげな知り合いが多かったですから」

「もしも本当に興信所を使ったとしたら、なかなか手強い相手ですね。我々もかなり用心しないといけませんね」

私は小さく頷いた。

「貴代さんは、娘さんの親権を譲る気はありませんよね？」

「もちろんです」

「離婚の意思も変わりませんよね」

「もちろんです。私は夫に暴力を振るわれていた時期がありましたが、もう二年も前なので確固たる証拠はないと思います。その場合離婚は認められないのでしょうか」

吉岡はお茶を一口飲むと、暫く何かを考えていた。

「DV以外でも、旦那さんの浮気やモラハラは離婚の理由になります。しかしそれらもきちんとした証拠がないと裁判では勝てません」

夫は比較的女性にモテたので浮気ぐらいしたかもしれないけれども、もちろん証拠などなかった。

「じゃあやっぱり離婚はできないんでしょうか」

「このまま頑張って別居を続ければ、離婚が認められることもあります。別居期間は五年から一〇年ぐらいと言われていますが、その場合でも親権のことは話し合わなければなりません」

「親権を決めないで、離婚をすることはできないんですか」

夫も離婚自体はしてもいいようなことを言っていた。とりあえず離婚ができれば、母子家庭の手当は手に入る。

「離婚届は、親権をどちらが持つか記載しないと受理してもらえません」吉岡は眉間に皺を寄せて腕を組んだ。「まあ粘り強く交渉するしかありませんね」

「吉岡先生、よろしくお願いします」

それでもその交渉を吉岡に任せられるのはありがたかった。私が夫と直接対峙したら、話し合いにすらならないだろう。

「ところで母親に安定した収入がないと、親権が認められないことってありますか?」

「離婚協議が揉めた場合、どちらが親権を持った方がお子さんにとってよりよい養育環境になるかを、家庭裁判所が決めることになります。母親に安定した収入がなくても、それだけで親権が認められないということはありません。旦那さんから養育費をもらえれば、経済的な問題は解決されますから」

それが思うようにもらえないから、世の中の母子家庭は苦しんでいるのだ。しかしそれを今吉岡に話してもしょうがない。

「例えば母親が水商売や風俗の仕事をやっていて、それが良くないってことになったりはしませんか」

「犯罪まがいのことなら別ですが、職業によって養育環境が悪いと判断されることはありません。ちなみに女性が浮気をしても、それで親権が奪われることもありません。養育環境というのは、清潔で、きちんとした食事が与えられることや規則正しい生活ができるかというところがポイントなのです」

心の中でほっと息を吐いた。

「しかし母親がネグレクトしていたり子供を虐待していたとなると、親権が認められなくなります」

「お忙しいところ恐れ入ります。私、企業向けの顧客管理システムを提供している株式会社CKSの沼尻と申します。弊社のサービスが御社のコスト削減に繋がると考え、お電話差し上げました。御社の顧客管理システムのご担当者様はいらっしゃいますでしょうか」

テレフォンアポイントの仕事は、あっという間に始まった。

採用通知が届いた直後に、自宅にパソコン、ヘッドセット、そして分厚いマニュアルが送られてきた。そのパソコンを繋いでオンラインで一時間ほど研修をした後に、すぐに架電リストに載っているお客様に電話を掛けた。

「左様でございますか。それでは改めてお電話差し上げますので、ご担当者様のお名前と、お電話を差し上げても差支えのない時間帯をお伺いできますでしょうか」

求人情報には電話オペレーターの仕事と書かれていたので、顧客から電話が掛かってくるのを受けるものだと思っていたけれど、こちらから電話をして営業マンとのアポイントを取り付ける仕事だった。

分厚いマニュアルには受け答えがチャート表のように書かれていて、「担当者が不在の場合」「取り次いでもらえない場合」、そして「担当者に繋がった場合」など、それぞれに適切な言葉遣いでスクリプトが用意されていた。

「大変お世話になっております。私、株式会社ＣＫＳの沼尻と申します。弊社の顧客管理システムはクラウドを採用しておりまして、実際にご導入いただいた企業様のコストを三〇％も削減できた実績もあります。ちなみに御社は、現在お使いになっている顧客管理システムはございますか？」

特に営業用のトークが必要なわけでもなく、自宅で空いた時間にできるので、彩奈をどこかに預けなくてもすむのは都合がよかった。さらにヘッドセットが高性能で、そばで彩奈が遊んでいても、電話の向こう側に聞こえてしまう心配もなかった。

もっとも彩奈は待望のゲームを買ってもらえたので、さっきから一心不乱にコントローラーを操っている。教育的にはどうかと思ったけれども、静かに遊んでいてくれるので助かった。

「ありがとうございます。それでは来週の月曜日に、弊社の担当者がお伺いいたします。時間は一時間ほどを予定しております」

時給は一〇〇〇円ちょっとで、実際にアポが取れるとさらに一〇〇〇円のインセンティブがもらえた。この仕事がうまくいくならば、コンビニのバイトは辞めてこれ一本に絞ることも考えていた。

「それはですね……。少々お待ちください」

一人自宅で電話をしているので、わからないことがあっても誰かに訊いたりすることはできない。分厚いマニュアルを捲りながら何とか一件のアポを取ると、架電リストの次の番号に電話を掛ける。

「お忙しいところ恐れ入ります。顧客管理システムを提供している株式会社ＣＫＳの沼尻と……」

『結構です』

今度は話が終わらないうちに電話が切られてしまった。

根気よく電話を掛けていけばアポは取れるけれども、何度も何度も電話を切られるのは精神的に辛かった。

『セールスはお断りです』

『うるさい』

『もう電話してこないでください』

自分は迷惑電話を掛けているのだろうか。クレーム電話を受けていた時は、何で自分が怒られなければいけないのかと思っていたけれど、きちんと説明もしていないのに一方的に切られてしまうのもそれはそれでショックだった。

「お忙しいところ恐れ入ります。顧客管理システムを提供している株式会社ＣＫＳの沼尻と申します……」

この仕事のポイントは心を無にすることだと思った。

電話を切られたり文句を言われれば、人間なので心は傷つく。しかし自分のことを電話を掛けるマシーンだと思い、結果に一喜一憂しないと思えば耐えられないことはない。それはクレーム電話の対応をしていた時も感じたことだった。

私は機械だ。

電話を掛ける機械だ。

ただただ電話を掛け続けるマシーンなんだ。

「ママ、大丈夫？」

気が付くと彩奈が心配そうに私の顔を覗いていた。

「大丈夫よ。ちょっと考え事をしていただけだから」

「ならいいんだけど。またママの病気が始まったのかと思って、彩奈心配になっちゃった」

「病気だなんて……、新しいお仕事でちょっと疲れていただけだから」

しかしそんな私の言葉など聞こえなかったかのように、彩奈はすぐにゲーム機を操作し始めた。

その時私のスマホが鳴って、ディスプレイに吉岡の名前が表示された。

『貴代さん、旦那さんは親権を譲らない限り絶対に離婚しないと言っています。直接お会いして話もしましたけど、かなり厳しそうですね』

「そうなんですか」

弁護士が相手ならば夫の考えも変わるかもと期待をしたけれど、そんなに簡単にはいかないようだった。

『それどころか旦那さんは、貴代さんが一方的に子供を連れ去ったとして、裁判を起こすと言っています』

「そんな」

彩奈に背を向けて、スマホを耳に押し当てる。

『昔は離婚が揉めて片方の親が子供を連れ去っても、大して問題にはなりませんでした。しかし日本がハーグ条約を締結してからは、家庭裁判所もその経緯などに注目するようになったのです。ＤＶが認められれば連れ去りも問題になりませんが、やっぱり証拠はありませんよね？』

「私が夫から暴力を振るわれたのは事実です。吉岡先生、信じてください」

どんどん雲行きが怪しくなり、急に胸が苦しくなる。

『もちろん信じていますが、証拠がないと裁判では通用しません。もしも旦那さんに訴えられた場合、貴代さんの連れ去り方に問題があると、未成年者の誘拐として刑事責任を問われる可能性もあります』

「そんなバカな。私の方が牢屋に入れられるんですか」

電話を掛けてきた時に、夫がそんなことを言っていたのを思い出した。

『まあ実際に事件化することはないと思いますが、離婚調停になった時に親権争いで不利になってしまうかもしれません。そうなる前に、一度ご夫婦でじっくり話し合ったらいかがですか？』

「吉岡先生、それは、離婚を諦めろっていうことですか」

『もちろん離婚ができないわけではありません。しかし旦那さんは親権を放棄することはないと言っています』

「私も親権を放棄する気はありません」

『実は旦那さんは、家族三人で暮らすことを希望しています。それに関して、貴代さんはどう思われますか？』

「そんなの無理です」

旦那のＤＶが収まったとしても、今さらあの男と一つ屋根の下で暮らすことなど絶対に無理だ。

『ちなみに旦那さんは、ＤＶなんかしていないと言っているんですよ』

「旦那がＤＶをしていたのは紛れもない事実です」

『そうですか。そうなるとやはり平行線ですね』

電話の向こうからため息が聞こえてきた。平行線のままだと今後は裁判ということになってしまうのか。

『ところでこれは確認ですが、貴代さんは娘さんに虐待なんかしてませんよね』

「やっぱりママが作ったナポリタンは最高だね」

ケチャップで口の周りが赤くなってしまった彩奈が、満面の笑みでそう言った。毎日苦労の連続で嫌になるけれど、彩奈の笑顔に癒される。

「彩奈ちゃんが美味しそうに食べてくれるとママも嬉しい」

私もフォークでナポリタンを頬張った。たまには和風のパスタも食べてみたいけれど、彩奈の笑顔には敵《かな》わない。

「今度はいつナポリタンを作ってくれる？」

彩奈は私の宝物だ。

だから親権を渡すことなど絶対にできない。

両親がそうなってしまったように、夫と彩奈を切り離さないと、私も彩奈も夫のせいで地獄に引きずり込まれてしまう。しかしこのアパートの住所を知られてしまった。夫の行動は私の想像を超えているので、留守中に夫が彩奈を強引に攫《さら》いにくるような気がして怖かった。

「ねえママ、今度いつナポリタン作ってくれる？」

「そ、そうね。いつでもいいよ」

「じゃあ、来週の月曜日にまたナポリタンを作ってね」

「わかったから、お口の周りをきれいに洗ってきてね」

「はーーーい」

彩奈が間延びした返事をしながら、洗面所に消えていった。

吉岡と話してから一週間が経っていた。吉岡の警告が効いているのか、その後夫から電話は掛かってきていない。

《デリヘル店に断りの連絡をしますがよろしいですね？　それから来週月曜日が次の返済日なので、くれぐれもよろしくお願いします》

未奈美からそんなメッセージが届いていたけれど、新しいテレアポの仕事も始まったので、今月の返済は何とかなるはずだ。

その時スマホが鳴った。

ディスプレイに目をやると、知らない番号が表示されている。嫌な予感がしたけれども、仕事関係の電話かもしれないと思い通話ボタンをタップする。

『もしもし、沼尻貴代さんでっか？』

関西弁の男性の声が聞こえてきた。

「はい、そうですが」

『旦那さんはおらんの？』

何十年来の友達のような気やすさでそう訊ねられる。

「夫とは別居中です」

『旦那さん、今どこにおるか知れへん？』

「知りません。失礼ですが、どちらさまですか」

洗面所から戻った彩奈は、大好きなテレビを見て大きな笑い声を出していた。私はキッチンに移動して、スマホから聞こえてくる声に集中する。

『ウチ、辻本といいます。おたくの旦那さんにえげつない目に遭わされた者なんやけど、奥さん何ぞ聞いてまへんか』

「夫とは随分前から別居中で、ほとんど会っていません」

『本当でっか。嘘をつくのはよくないで』

「本当です」

会ったこともない人なのに、どうしてこんなに馴れ馴れしいのだろう。しかしなんとなく辻本がヤクザのような気がしてしまい、今一つ強気な応答ができなかった。

『やけど旦那さんと最近会《お》ぉたよね。旦那さん、ジブンとお嬢さんに会うのをむっちゃ楽しみにしとったから』

「この間、久しぶりに電話が掛かってきただけです。ここ数年夫とは会ってません」

『ほんまかいな。久しぶりに東京で会ぉて、奥さんの家でしっぽりしとるって思うたんやけど、ちがうのか』

「先日電話で一度だけ話したきりです。実は夫とは離婚をしようと思っていて、弁護士の先生に相談しているところなんです」

見ず知らずの辻本に離婚の話をしてしまうほど、夫とこの男のいざこざに巻き込まれたくないと思った。

「ところで、どうしてあなたは私の電話番号を知ってるんですか？」

『そんなん旦那さんに教えてもろたからに決まっとるやん』

「なんで夫があなたに電話番号を教えるんですか」

『そんなんはどうでもええねん。とにかくウチはめちゃくちゃ儲かるって旦那さんに言われて、何百万円も仮想通貨を買《こ》うたのね。最初はわや上がってほんまに調子よかったんやけど、先週ぐらいからスコーンと急落してもうてエライのよ。何が起こっとるのかあんたの旦那さんに事情を訊きたかったんやけど、全然電話が繋がれへんのよ』

辻本が一方的に捲し立てる。

夫がこの辻本を仮想通貨の取引で騙したのだろうか。それとも辻本が勝手にそう思い込んでいるだけなのか。何が真実かはわからないけれど、私たちを巻き込むのはやめて欲しい。

『旦那さんをすっかり信じて虎の子の金を入れてもうたし、自己責任言われても責任取れへんのよ。なあ奥さん、ほんまに旦那さんがどこにおるか知れへんの』

「知りません」

別居までしているのに、どうしてこんなに夫に迷惑を掛けられるのか。本当に疫病神だ。

『そないなこと言うて、そこにおるんとちゃうん？　なんかごちゃごちゃ話し声がしとるし』

「いません。娘がテレビを見ているだけです」

『ふーん、娘さんは確かにそこにおるわけね』

辻本のその口ぶりに妙な胸騒ぎを覚える。

「娘は夫とは関係ありません」

『そないなことはあれへんやろ。奥さんは旦那と離婚したら他人かもしらへんけど、娘はそれでも娘やからな』

「娘に何かしたら警察を呼びますよ」

『奥さん何言うてんの。警察呼びたいのはこっちの方やって。なあ奥さんも、ウチらと一緒に旦那さんを探すの手伝ってくれへん？　なんしか、旦那さんから連絡があったらこの番号に連絡したってな』

「わかりました。もしも電話があったらお伝えします」

吉岡が警告してくれたので、夫から電話は掛かってこないはずだ。だから辻本に電話をすることもないだろう。

『ほんまに必ず電話したってな』

十

新しいテレアポの仕事、辻本からの電話、未奈美からの借金、さらに夫の離婚交渉が暗礁に乗り上げてしまったことなど、度重なる心労ですっかり精神的に参ってしまった。

「だから無理は良くないって言ったじゃないですか。以前の病気がぶり返してしまったかもしれませんね」

久しぶりに心療内科を訪ねると、赤い縁の眼鏡をした先生は軽くため息を吐いた。

「電話で関西弁を聞くと駄目なんです」

「貴代さん、上を見ていてください」

先生は私の目の下の皮膚を下げて瞼《まぶた》の裏側をじっと見た。

「それで具体的にはどんな症状なんですか？」

「仕事の電話を掛けようとすると、吐き気と頭痛がしてしまうんです。だけど普通に暮らしている分には、電話を掛けても問題ないんです」

瞼の裏側を見られたままでそう答える。

「今でもそのヤクザみたいな人から、電話が掛かってくるのですか」

「週に二、三回は掛かってきます」

毎日掛かってくるのも迷惑だけれど、掛かってくるのかこないのか、それをずっと気にしているのも精神的に辛かった。それはクレーム処理の仕事をしていた時と同じだった。

「睡眠はよく取れていますか」

「いいえ、あまり眠れていません」

先生は私の頬から手を離しカルテにペンを走らせる。

「前の時と同じですね。貴代さんは電話に関する不安障害なので、新しいテレアポの仕事だけでも良くないのに、そのヤクザみたいな人の電話が決定打になってしまいましたね。まずは焦らず治療に専念しましょう。とりあえず二週間分の薬を出しておきますので、それを飲んでみてください」

「どのぐらいで仕事に復帰できるでしょうか？」

「テレアポの仕事は辞めるべきだと思います」

きっぱりそう言われてしまった。

しかしテレアポの仕事ができないとなると、未奈美の借金が返せない。さらにこの病院へ通うお金もなくなってしまう。

「ところで娘さんは元気にしていますか」

「はい、もちろんですけど」

「最近、娘さんを疎ましく思ったりしたことはありませんか」

夫から彩奈の躾に問題があると言われてから、そのことが心のどこかで引っ掛かっていた。

「全くないと言ったら嘘かもしれません。仕事や子育てに追われてメンタルが弱っていたら、どんな母親だって子供を怒鳴ったり手を上げたくなることだってありますよね」

「貴代さんは、お子さんに手を上げたことがあるんですか」

先生が目を丸くしてそう訊ねる。

「い、いいえ。ありません」

「私はまだ子供がいないのでその辺の気持ちはわかりませんが、子供に手を上げるのはよくないですよ」

先生は諭すようにそう言った。

「他に何か心配ごとはありますか？」

「夫と離婚のことで揉めているのも、病気の原因の一つかもしれません」

「確か旦那さんからＤＶを受けていたんですよね」

「はい、そうです」

先生は私のカウンセラーみたいなもので、プライベートのことも含め私は洗いざらいを打ち明けていた。

「ＤＶを受けた女性は後遺症に悩まされることがあります。その時の記憶がフラッシュバックのように蘇ったり、逆に思い出したくないので、その時の記憶が欠落してしまったりするんです。そんなことはありませんか」

「ＤＶが原因なのかは知りませんが、ぼうっとしてしまうことはよくあります」

先生はきれいな顔を歪ませて私の顔をじっと見た。

「その関西弁の人の電話にも原因があるとは思いますが、そもそも電話を使った仕事をするのは、貴代さんにはまだ早すぎたんです。少しだけ統合失調症の陰性症状が見受けられます。被害妄想的な傾向もありますから、やはりしばらく様子を見た方がいいでしょうね」


病院から帰ってくると、学校を終えて留守番をしているはずの彩奈がいなかった。

「彩奈？」

玄関の鍵が開けっぱなしだったので、近くで遊んでいるのだろうか。不安な気持ちを抑えながら、家から五分の小さな公園に足早に向かう。

しかし公園には彩奈どころか、子供は一人もいなかった。

最近何かと忙しく彩奈に構ってあげられなかったので、放課後の彩奈の行動パターンがわからなかった。友達の家に行ってゲームでもやっているのだろうか。それとも違う公園で遊んでいるのか。

そこからさらに五分ほど離れた広い公園は、三階建ての滑り台など遊具が充実していて子供たちに人気があった。息を切らせて走っていくと、三、四人の子供たちが滑り台の上で遊んでいた。

しかし彩奈の姿はない。

ブランコに目をやると、仲良しの莉緒が大きな弧を描いていた。

「莉緒ちゃん。彩奈を見なかった？」

声に気付いた莉緒が足でブレーキをかけ、ブランコから飛び降りて走ってきた。

「さっきまで一緒にいたんだけど、パパが来たって言っていなくなっちゃった」

血の気が引いた。

「パパが？　それで彩奈はどこに行ったの？」

「車に乗って行っちゃったから、どこに行ったかはわかんない」

夫は今の住所を知っていると言っていた。しかし吉岡が警告の文書を送ってくれたので、家には近づかないはずと高をくくっていた。

吉岡に電話をしよう。

そう思った瞬間に、肝心のスマホを家に置き忘れたことに気が付いた。

今度はアパートに向かって全力で駆ける。

走りながら吉岡よりも警察に電話するべきかもしれないと思った。しかしスマホの履歴の中には、先日掛かってきた時の夫の携帯電話の番号が残っていることを思い出した。吉岡や警察に電話をする前に、まずは夫に電話をしよう。

そう思うと気持ちも落ち着いてきて、走るのをやめて考えを整理する。

夫はなぜ今、彩奈に会いに来たのだろうか。

辻本にしつこく探されているのは、夫が仕事で何かしらのトラブルを抱えているからだろう。そうだとすると夫がここにやってきたのは、彩奈を連れ去ろうというよりも、彩奈に暫く会えなくなるので、どうしても会いたくなったのではないだろうか。色々問題は多かったが、夫が彩奈を溺愛していたことは間違いなかった。

アパートに戻り玄関のドアを開けると、テレビの音が聞こえてきた。

「彩奈！」

何事もなかったように、彩奈はアイスを食べながらテレビを見て笑っていた。跳ねるように彩奈に駆け寄り、小さな体をきつく抱きしめる。

「ママ、苦しいよ」

悲鳴のような声に我に返り、力を緩めて彩奈の顔をじっと見た。

「彩奈、パパと会ったでしょ」

「うん。このアイス買ってもらった」

彩奈はチョコレート味のアイスを私に見せる。

「怖い目に遭わなかった？」

「大丈夫だよ」

「これからはパパが来ても、一緒について行っちゃ駄目よ」

「どうして？」

何と説明すればいいのだろう。咄嗟にうまい理由が思い付かない。

「パパは、ママと彩奈の三人で暮らしたいって言ってたよ」

《未奈美さん。また体調が悪くなって、テレアポの仕事ができなくなってしまいました。今月の返済も少し待ってもらえますか？》

コンビニのバイト代は家賃と生活費で消えてしまい、先月は未奈美への返済ができなかった。さらに心療内科の治療費がかかってしまい、電気やガス代などの光熱費が引き落とされると、未奈美への返済は今月も難しいかもしれなかった。

今日はバイトが休みで、彩奈を学校に送り出してからは一日中家に居た。電気代がもったいないので、テレビのコンセントを抜き、ずっと布団の中にいて暖房代も節約した。しかし何もしないで家で寝ていると、本当に病人になってしまったような気がして気分がますます落ち込んだ。

テレアポの仕事は心療内科の先生に言われるまでもなく、会社から首を宣告された。

『ほんで旦那さんは、今度はいつ来るって言ってたの？』

『ほんまはしょっちゅう会うてんちゃうの』

『奥さん、ウチを誤魔化そうとしていーひん』

もう一方の原因である辻本からの電話は時間を問わず掛かってくる。

いっそ夫が辻本とどこかで鉢合わせしてくれないものか。それで夫がどんな目に遭うかはわからないけれど、スマホにしつこく電話を掛けてくることはなくなるだろう。

《今月分は了解しましたが、来月も返済が滞るようだとちょっと困りますね。何か抜本的な

解決方法を考えた方がいいかもしれませんね》
さすがの未奈美も、いつまでも甘やかしてはくれないだろう。
《それは私に風俗で働けということですか？》

その後、未奈美からの返事が途絶えてしまった。
てっきりデリヘルで働かせて一気に借金を返済させようと企んでいると思っていたので、返事が来ないのは不安を通り越して不思議だった。
未奈美からのメッセージが届いたのは、それから三日も経ってからだった。
《貴代さん。暫く連絡ができなくてすいませんでした。体調の方はいかがですか？　このままでは借金は膨らむばかりで、ますます返済が難しくなりそうですね。しかしデリヘルの仕事はもっと精神的にきついので、今の状態では難しいと思います。そこで一つ提案です。私の下で新しい仕事をしてみませんか。時間の融通が利くので小さなお子さんがいても大丈夫ですし、うまくやればデリヘルよりもよほど稼げる仕事です》
これは一体どういう意味なのだろう。未奈美と一緒に個人間金融の仕事をしろということなのか。
《私なんかにそんな仕事ができるでしょうか。しかしお金に困っているので、とても興味があります。もう少し詳しく教えてもらえますか》
個人間金融は法律に触れそうな気はするけれども、決して悪いことばかりではない。実際私は未奈美に助けられたし、貸す方も借りる方も双方に需要があるから成り立っている。しかも半病人でもある今の私には、働ける仕事があるだけで感謝しなければならなかった。
《複雑な事情がありますので、今夜直接会って話をさせてください》
未奈美とはメッセージのやり取りばかりで、電話で話したこともなかった。
《未奈美さんに、わざわざこの家に来ていただけるんですか？》
一体未奈美は、何歳ぐらいのどんな女性なのだろう。それがわかるだけでも、今夜の打ち合わせが楽しみになる。
《もちろんです。アパートの住所はわかっていますから。今夜九時ぐらいになってしまいますけど、お邪魔してもいいですか？》

晩ご飯の後にキッチンで後片付けをしていると、スマホの着信音が鳴った。

『旦那さん、今日も電話掛かってきいへんかった？』

いっそ辻本の番号を着信拒否にしようかと思ったこともあったけれど、下手《へた》に刺激して怒らせるのが怖かった。

「はい、今日も掛かってきませんでした」

『一体どないなっとんのよ。奥さん、本当に居場所知らへんの？』

最初は脅されていると思ったけれど、この馴れ馴れしい口調は辻本の癖みたいなもので、本当に辻本も困っていることがわかってきた。しかし相変わらず人の迷惑を考えないところには腹が立つ。

「夫とは離婚することにしましたので、私とは関係ありません。もうここに電話してこないでいただけますか」

吉岡と夫の間で離婚の話し合いが続いていた。親権にこだわる夫とは簡単に離婚できそうもなかったけれど、勢いでそんな言葉が出てしまった。

『奥さん、そんな冷たいこと言わんとってよ。何度も旦那さんの携帯には連絡を入れてるんやけど、全然繋がらへんのよ。ありゃもう携帯を捨てたんとちがうんかいな。それとも自分だけ、着信拒否になっとるんかな』

「もういい加減にしてください。辻本さんの電話がしつこいから、私はノイローゼになってしまったんですよ」

『ほんまかいな？』

「本当です。実際に病院にも通っていますし、最近はそれが原因で仕事もできなくなったんですから」

いっそ辻本に治療費を出してもらいたいぐらいだ。

『なんでウチが奥さんに電話すると、奥さんがノイローゼにならんといかんのや。奥さん何でも人のせいにするのはよくないで』

どうしてこんなに会話が噛み合わないのだろう。

『旦那さん、お嬢ちゃんに会いに来たりはしてへんの？』

「夫はもう娘とは二年も会っていません。あの人はあまり子供には関心がないんです」

夫が彩奈に会いに来たことは、当然辻本には内緒にしていた。

『そんなことあらへんやろ。前に会った時もごっつ可愛い言いはって、写真を見せてくれはったで。せやけど奥さんが娘さん連れて逃げてしまったんで会えなくて困ってる言うとったで』

そんな話を聞いてしまうと、また夫が留守中にアパートにやってきて、今度こそ彩奈を強引に連れ去ってしまう気がしてならなかった。

「とにかくもう私に電話を掛けてこないでください」

辻本からの電話がやまない限り、どんな薬を飲んでも病気は治らないだろう。

『そんなこと言わんといて。何とか旦那さんを見つけないと、ウチが責任取らされるんよ』

「そんなこと、私には関係ありません」

『奥さん、ほんまはそこに旦那さんいるんとちゃうん』

「何度も言ってますが、ここに夫はいません」

『実はずっと前から、そこに隠れて住んどるんやないのかと思うとってんで』

「住んでなんかいません！」

『ほんま？　なあ奥さん、ウチも困っとるのよ。明日までに金を用意しぃひんと、酷い目に遭わされるんよ』

「そんなこと私に言われても困ります」

『ほなこうしよか。これからそっちに行くさかいに、奥さん、ウチにお金貸してくれへん』

冗談じゃない。どうして辻本なんかにお金を貸さないといけないのか。

「やめてください。迷惑です」

一方的にそう言ってスマホを切って電源もオフにした。これで辻本から電話が掛かってきても繋がらない。しかしその程度のことで、あのずうずうしい男が諦めてくれるとは思えない。

電源が切れたスマホを見ていたら急に不安になってきた。

ひょっとすると、電話が繋がらないことに逆上して、本当に辻本がこのアパートに押しかけてくるのではないか。

漠然とした不安を胸に、壁の時計に目をやると午後六時を指していた。


『ここ上野公園の桜はまさに今が満開です。明日から天気が崩れるので、今夜は大勢の人々が夜桜見物に繰り出しています。昨年までは自粛を強いられていましたが、今年は皆さん笑顔で最後の桜を楽しまれています』

テレビのニュースを見ていたら、部屋のチャイムが鳴った。

壁の時計に目をやると午後八時四〇分だった。宅配便かなとも思ったけれど、未奈美から九時に来るという連絡をもらっていたことを思い出した。

しかし約束の時間には少しばかり早すぎる。

予定が変更になったのかと思い慌ててスマホを手に取ると、辻本からの電話を拒絶するため電源を切りっぱなしにしていたことに気が付いた。

「ママ、誰か来たよ」

彩奈に促されて玄関のロックを外そうとすると、ドアの向こう側から話し声が聞こえてきた。訪ねてきたのは一人ではないのだろうか。念のためにドアの覗き穴から外を見ると何人かの顔が見えた。暗くてよくわからないが、女性は一人もいなかった。

辻本が仲間を連れて押しかけてきたのか。

電話で話したことしかないので、当然辻本の顔はわからない。辻本一人だけでも恐ろしいのに、仲間がいたらどうなってしまうのか。動悸が激しくなって息を吸うのも苦しく感じた。

「ママ、どうしたの。誰が来たの？」

振り返ると彩奈が目を擦りながら立っていた。彩奈の肩を抱いて部屋の奥へと移動する。その間にもチャイムの音がして、さらにドアをノックする音が聞こえてきた。

「ママ。怖い」

ただならぬ気配を感じて、彩奈が腰に抱き着いてきた。怯《おび》えた目をした彩奈をぎゅっと抱きしめ息を潜める。

さらにもう一度チャイムが鳴った。

しかし居留守を使おうにも、部屋の灯りが点きテレビの音が流れていれば、中に私たちがいることはばればれだ。

「ママ、大丈夫？」

警察を呼ぼうとも思ったけれど、まずは外にいる相手を確認しなければ何が起こっているのか説明もできない。

「大丈夫。ここはママが何とかするから。彩奈は部屋の奥で隠れていて」

この子だけは絶対に守らなければならない。

「彩奈、何があってもここに来ちゃ駄目よ」

彩奈は涙目になって大きく首を縦に振ると、部屋の奥に走っていってテーブルの下に身を隠した。

ドアの向こうにいるのは、辻本なのか、それとも全く別の人物なのか。

もう一度覗き穴から外の様子を窺うと、驚きの余り息を呑んだ。その瞬間、ドアが大きく叩かれた。このままではドアも鍵も壊れてしまう。

どんなことがあっても彩奈は守る。

私は素早くキッチンに走っていって、シンクの扉のスタンドに刺さっている包丁を握り締めた。いざとなったらこれを使おう。

包丁を逆手に握って背後に隠し、ドアチェーンを外して鍵を捻る。

そしてゆっくり、玄関のドアを開けた。

騙す人

一

《お早うございます。担保不要で今日中に融資します。条件を聞いてキャンセルいただいても結構です。先払いはありません。初回融資額は一万～一〇万円です。DMでご連絡ください。女性の方も大歓迎です。菅沼貴子
#個人融資　#個人間金融　#お金貸してください　#即日融資》

朝一番の仕事として、SNSにそう書き込んだ。

窓ガラスに雨が当たる音がしている。今日は蒸し蒸しとした梅雨らしい一日で、梅雨明けは来週末ぐらいになりそうだと、テレビの中でお天気アナが傘を片手に伝えていた。

菅沼は個人間金融をする時の、私の偽名の一つだった。

会社っぽいハンドルネームにするとビジネスライクな冷たい印象を与えるので、実在しそうな個人の苗字を使っていた。しかしすべての客に別々の偽名を使うと混乱するので、菅沼、田沼、大沼など沼の付く苗字を使いまわし、下の名前はその時の気分で思いついたものを付けていた。

わざわざ「先払いはありません」と書いたのは、お金を貸すと言いながら保証金を騙し取る詐欺が横行しているからだった。「女性の方も大歓迎」は「ひととき」のような性的関係を求めるいかがわしい人間ではないこと、そしてハードな取り立てをしないことを暗に仄《ほの》めかしたつもりだった。

格安で借りているこのアパートには、小さなテレビ以外は必要最低限のものしか置いていない。机の上の写真立てには、彩奈と一緒に釣りをした時の古い写真が入っていた。釣り竿を片手ににっこり微笑んでいるけれども、この後に自分で釣り上げた魚を見て、可哀想だと彩奈が泣き出してしまったことを思い出した。

メッセージを書き込んでから連絡を待っているこの瞬間は、釣り糸を垂らしている時とよく似ている。テレビではちょうど占いコーナーをやっていて、今日のみずがめ座の運勢は「まあまあ」とのことだった。

仕事用の携帯電話が小さく震えた。

《今月のクレジットカードの支払いをしなければならないので、二万円ほど貸してもらえませんか？　瞳》

釣りで言うならば、今日一発目のアタリというところか。
客とやり取りする時は、この仕事専用の携帯を使っていた。「飛ばし携帯」と呼ばれるもので、電話会社との契約者は私と一切関係のない赤の他人だった。だから万が一この携帯の名義人を警察が調べたとしても、そこから辿られて私が捕まることはない。
《それはお困りでしょう。一万円につき月に九〇〇円の利子をいただきますが、よろしいですか？》
年利ではなく月利で説明するのが味噌だった。
一万円の一ヵ月の利子は九％の九〇〇円だけれども、年利に換算すると一〇八％で元金を超える。それでも個人間の貸し借りで認められている一〇九・五％を超えないギリギリの金利設定だった。ちなみに銀行や消費者金融が遵守している出資法では、上限金利は二〇％だった。
《金利はそれで結構です。今日中にお金を振り込んで欲しいのですが、可能ですか？》
個人間金融は時間との戦いだった。
すぐに審査をして融資をするか否か決定する。他の金融機関からは借りられず、もうどうしようもなく追いつめられた客がほとんどだから、ぐずぐずしていると別の個人間金融に流れてしまう。
《免許証や社員証などの顔写真付きの証明書と、あなたが一緒に写った写真をスマホで撮って送ってください》
すぐに瞳から自撮り画像が送られてきた。

瞳が送ってきたのはエンタメ系の専門学校の学生証で、生年月日から計算すると年齢はまだ一九歳のようだ。あどけなさが残る顔立ちをしているけれども、その髪の毛は金色に輝いていた。

《お金は何に使う予定ですか？》

《カードの返済です》

クレジットカードは審査が厳しくて、アルバイトやパートでは審査が下りないことが多い。銀行系が最も厳しく、信販系、交通系の順で審査が甘くなり、一番審査の甘い流通系では、アルバイトやパートでも世帯主に安定した収入があれば審査が通った。

《コンビニのポイントカードだと思って入ったんですが、カードで買い物もできたんです。買い物をすればするほどポイントも貯まるんですけど、いつの間にか月々の返済ができなくなってしまいました》

一部の流通系カードは、最初からリボ払いをする設定になっている。リボ払いと月賦払いを同じようなものだと思っている人は多いけれども、それは全く別のシステムだった。リボ払いには消費者金融並みの手数料という名の利子がつき、しかも返済金は元金よりも利子の返済に優先される。そしてポイント五倍とかキャッシュバックなどという耳触りのいいサービスで、ついつい余計な買い物をしてしまう。

《お金は何時までに必要ですか？》

リボ払いはいくら使っても月々の返済が一定なところがクレジット会社の策略だった。月々の返済ができているので大丈夫だと思っていると、利用枠が増えてより多くの買い物ができてしまう。
《できれば午前中にお願いします。今日中に払わないと、新しく借りることができなくなってしまうんです。最悪の場合、一括返済しなければならないので、とにかく早くお金が必要なんです》
その気になればカード会社は、瞳のアルバイト代の差し押さえや家に乗り込んで強制執行をすることもできる。
《リボ払いの元金はいくらですか。また他の金融機関やカード会社でローンを組んでいたりはしませんか？》
融資の申し込みがあっても、誰にでもお金を貸せるわけではない。釣りでも河豚《ふぐ》などの毒のある魚や小さすぎるものはリリースするように、収入が安定していない学生やシングルママへの融資は、普通の金融機関ならば敬遠する。
《三〇万円ぐらいです。他のカード会社からは借りていません》
専門学生がバイトで返済するには、かなりしんどい金額だ。普通の金融機関ならば審査が通らないだろうが、個人間金融が同じことをやっていたら商売にならない。
《返済日はいつにしますか？》
《二五日にバイト代が入るので、それで返済します》
送られてきた学生証の顔写真をじっと見る。金色の髪に目を奪われるが、よく見ると瞳はきれいな顔立ちをしていた。もう少し大人になったら、結構な美人になるかもしれない。
《わかりました。すぐに二万円を振り込みます。口座番号を教えてください》

コンビニで瞳の口座に二万円を振り込んだ後、雑誌コーナーで立ち読みをしているとポケットの中の携帯電話が振動した。
《接待で銀座のクラブに行ったのですが、手持ちのお金がなくなってしまいました。給料日にお返ししますから、三〇万円ほど貸してください》
個人間金融は携帯さえあれば、二四時間どこにいても仕事になった。
《即日融資は可能ですが、初回の利用限度額は一〇万円になっています。しかし審査に通ればそれ以上お貸しできるかもしれません。今、お仕事は何をされていますか？》
《帝都エージェンシーの営業部で働いています。役職は営業部長です》
すぐにメッセージが返ってきた。レスポンスの早さは、相手がお金に困っている証だった。帝都エージェンシーは有名広告代理店で、東証のプライム上場企業だから与信的には問題はなかった。この顧客は釣りでいえば久しぶりの大物で、ばらさないようにと心が躍る。
《免許証と一緒に写したあなたの顔写真と、会社の名刺をスマホで撮って送ってください》
すぐに返信がきた。
《写真を送りました。これでよろしいでしょうか？
岡田武　昭和五六年六月七日生
神奈川県相模原市緑区〇〇〇
うっかりクレジットカードの返済を延滞してしまい、今はカードを止められているんです。女房にばれたくないので、自宅には連絡しないでください》

そのメッセージにはスーツ姿の男性の写真が添付されていた。

額がひろく大きな鼻の男が、免許証を片手に写っていた。昭和五六年生まれなので、今は四二歳のはずだった。

クレジットカードの返済を何回か延滞すると、大企業の部長でもブラックリストに載ってしまう。ちなみにリストに載っていなくても、警察官や自衛官のような公務員は個人間金融のお得意様だった。

会社の名刺の写真も添付されていた。上場企業の部長らしいシンプルな白い名刺だった。

名刺に書かれた電話番号をスマホにタップして耳に当てると、呼び出し音が聞こえてきた。時計の針は午前九時三〇分になろうとしていた。

『帝都エージェンシー営業部でございます』

若い女性が名刺に書かれた会社名を名乗った。

「私、新日本生命の菅沼と申しますが、岡田武さんはいらっしゃいますか」

実在する大手生命保険会社の名前を騙《かた》る。

『岡田はまだ出社していません。折り返し電話させましょうか』

在籍確認の電話は、消費者金融などの普通の貸金業でも行っている。彼らは秘密を守らなければならないので、自らの金融機関名を言うことはできない。すると個人名しか名乗らない怪しい電話が職場や自宅に掛かってくるので、その電話自体が問題になることもあった。

しかし個人間金融は非合法なので、法律上のルールには縛られない。

「何時ぐらいに出社されますか？」

『一〇時までには出社すると思います』

折り返し電話をさせると言う女性に丁重に断り、通話ボタンをオフにした。そしてすぐにネットで「岡田武」という名前を検索する。

この男性が過去に「借りパク」、つまり借金の踏み倒しをしていれば、その情報がネットに上げられている可能性が高い。個人間金融でよく使われるＳＮＳや掲示板を検索しても、「岡田武」はヒットしなかった。

しかし新規の客に、いきなり三〇万円はリスキーだ。

《与信の審査をしたところ二〇万円までならば融資可能です》

《二〇万円ならば他を当たります》

どんな相手にいくら貸し付けるか、その見極めが難しかった。これが会社ならば、内規に従ったり上司に相談したりするだろう。しかし個人間金融は、全ての判断を自ら下し、そのリスクもリターンも自分次第だった。

名刺の画像をまじまじと見つめる。

最近は小口の客ばかりで、手間の割にはあまり儲かっていなかった。久しぶりのこの大物を、みすみす逃していいものか。

《わかりました。すぐに三〇万円を振り込みますので、岡田さんの口座番号を教えてください》

住所が相模原というのも判断材料の一つだった。私は東京に住んでいるので、これが北海道や九州だったら、借りパクされて取り立てに行っても交通費で足が出てしまう。しかし相模原なら直接取り立てに行くこともできるだろうし、勤務先の帝都エージェンシーは東京なのでもっと近い。

《四葉銀行神保町支店　口座番号は……》

「最近ではソフト闇金とか言われるようになって、普通の大学生や主婦が副業として闇金をやったりしてるのよ。サラリーマンを定年退職した人が、退職金をソフト闇金で運用して老後の資金を稼いでいるなんて話もあるぐらいだから」

このファミレスの人気デザート「完熟マンゴーパフェ」を頬張りながら師匠は言った。私をこの闇金の仕事に誘ったのは目の前の中年女性で、私は彼女のことを師匠と呼んで慕っていた。

「今日のスカーフもオシャレですね。それ、エルメスですよね」

派手なブランド品のスカーフを巻き、シャネルの黒いサングラスを掛けているので、師匠からはただ者ではない雰囲気が漂っている。

「そうよ。この業界は見た目が大事だからね。沼尻もユニクロで買ったみたいな安い服ばかり着ていないで、無理をしてでもブランド品を身に着けなさい」

師匠は私のことを名字で呼ぶことが多かった。その一方で私は師匠の名前を教えてもらっていなかった。

「どうもすいません。だけど師匠への借金を返すのがやっとで、とてもブランド品なんか買う余裕はありません」

私は師匠から多額の借金をしていたが、その返済に行き詰まり最後は泣きつくしかなかった。師匠は闇社会とも繋がりがあったので、どんな酷い目に遭わされるかと思ったけれども、「そんなに金に困っているなら、いっそ私のパートナーになりなさい」と言われ、この仕事をするようになった。

師匠からさらに運転資金の数百万円を借りて、それを元手にソフト闇金、つまり個人間金融を始めた。そして借金の返済と業務報告を兼ねて、月に一回、師匠とこのファミレスで打ち合わせをすることになっていた。

「師匠はどうしてそんなにお金があるんですか」

個人間金融といえば聞こえがいいが、実態は闇金融そのものだった。そんな仕事が自分にできるはずがないと思っていたけれども、個人間金融は金融業のフリーランスみたいなもので、時間も仕事も審査基準も個人の裁量でできるので、それは大きな魅力だった。

「私が昔闇金をやっていたことを、あんたに話したことあったかな」

「初耳です」

夏休みに入りファミレスの店内は子供連れの客たちで賑わっていた。男の子たちが真剣な表情でゲーム機を操作している隣で、母親たちはお喋りに夢中になっている。

「昔はどんな小さな闇金会社でも大儲けできてたのよ。私は専務だったんだけど、それでも年収一億円はもらっていたから」

「一億ですか」

思わず大きな声を出してしまう。

「一番稼いだ時は三億を超えたかな。大手の社長は一〇億稼いでいたっていう噂もあったぐらい。しかも税金は一円も払わないからね」

師匠は遠い目をしてそう言った。

違法行為を自ら白状することになるので、闇金業者は税務申告をしなかった。そもそも彼らは三〇％の法人税を払っていない。そして、もしも一億円の確定申告をしようものなら、当時の最高税率五〇％の所得税率が適用され、さらに一五％程度の住民税も徴収される。

「今の沼尻みたいな立場でも、年収で数千万はもらっていたね。思えばあの頃が闇金の最盛期だった」

「どうしてそんなに稼げたんですか」

確かに闇金業者が主人公のドラマや漫画では、派手なスーツを着てキャバクラでドンペリを開けているようなイメージがあった。しかし今の私の稼ぎは知れていて、その辺のＯＬや会社員と変わらない。

「まだ闇金の存在が世間に知られてなくて、競争もほとんどなかったからね。しかも当時の闇金は会社組織だったから、顧客の信用情報を共有できたの。だから貸し倒れが今と比べて圧倒的に少なかったのよ」

金融機関で借金をしたりクレジットカードを作ろうとすると、本人の知らないところで個人の信用情報がチェックされる。ＪＩＣＣやＣＩＣなどの信用情報会社にブラックとして登録されると、もう一般の金融機関からお金を借りることはできない。他の金融機関から借りている金額もオンラインで調べられるため、各金融機関はいくらまで貸し付けても大丈夫か判断ができる。

「正規の金融機関から借りられなくなったブラックの連中が、闇金やソフト闇金に流れてくる。だけどそんな連中に闇雲に貸したら、あっという間に焦げ付いてしまうからね」

「当時は闇金会社同士で、信用情報をやり取りしていたんですか」

「そういうこと。グループ内で延滞している客には貸さなかったし、ブラックでもきちんと返済できている客には思い切って貸し付けた」

「そんな羽振りのよかった闇金業者たちは、今はどうしているんですか」

宇治抹茶白玉パフェを食べながらそう訊ねた。

「過酷な取り立てが社会問題になって法律が変わったのよ。そうなると闇金業のリスクばかりが高くなって、リターンに見合わなくなった。暴力団やその舎弟企業はもちろんだけど、反社勢力ではない闇金も罰則が厳しすぎて割に合わなくなったの」

師匠は軽くため息を吐いた。自分がやっている闇金業に、そんな歴史があったとは知らなかった。

「だから今は、闇金は個人でやる時代なの。だけどあんまりハードな取り立てをすると、個人といえども警察にしょっ引かれちゃうからね。だから今はソフトな取り立てしかしないソフト闇金だらけになっちゃったのよ」

ネットの掲示板やSNSを使った個人間金融を運営しているのは、そんなソフト闇金と呼ばれる個人業者たちだった。

「ソフト闇金は、数十万円のタネ銭があれば誰でも始めることができる。銀行に金を預けても雀の涙ほどの利子にしかならないけど、個人間金融ならその一〇〇〇倍、いや一万倍ぐらいにはなるからね」

師匠はとろけそうな完熟マンゴーを口に入れて、満面の笑みを浮かべた。

「確かにそうですね」

高い金利でお金を借りる人が本当にいるのかと心配だったが、始めてみれば切羽詰まった多重債務者からの申し込みは絶えなかった。

「それに昔は多重債務者のリストを手に入れるのが大変だったけれど、今はネットやSNSで客は簡単に探せるからね。個人間金融は手広くやれば、風俗で働くよりもよっぽど儲かるんじゃないのかな」

「貸すお金がない人でも、師匠みたいな金主からお金を借りることができますからね」

師匠は私のような多重債務者にソフト闇金の仕事を斡旋《あっせん》し、資金とノウハウを提供するソフト闇金の元締めのような存在だった。

「だけどソフト闇金って違法ですよね。逮捕されたらと思うと、心配で眠れなくなる時があるんですけど大丈夫ですか？」

「もちろん駄目よ。一〇億円を荒稼ぎして、出資法違反で逮捕された人もいたからね」

師匠は白いソフトクリームが付いたマンゴーを頬張った。

「そ、そんな。沼尻っていう苗字は珍しいので、ニュースになんかなったりすると困ります。もしも私が逮捕されたら、娘が学校でいじめられるかもしれません」

自分が牢屋に入るのも嫌だけれども、娘を犯罪者の子供にするわけにはいかなかった。

「そんな泣きそうな顔をしないでよ。あんたって本当に面白い人ね」

大きく口を開けながら師匠は言った。師匠には私の困った時のリアクションが面白いらしく、そんな風に笑われることがよくあった。

「逮捕されるのは、個人間金融だと騙って女性をレイプしたり、詐欺で大金を巻き上げようとした連中ばかりだから安心しなさいよ。あとは『肝臓を売れ』とか『ソープに沈めるぞ』とか言って恐喝や傷害事件を引き起こすバカもやっぱり捕まっちゃうけどね」

「無茶な取り立てをしなければ、逮捕される心配はないんですね」

ほっと胸を撫でおろす。

「まあ違法は違法だから警察が本気になったらわからないけども、警察もそんなに暇じゃないからね。だからソフト闇金は被害者を出さないことこそが肝心なのよ」

「それはどういう意味ですか」

「客にチクられなければ逮捕される心配はないってことよ。昔の闇金は阿漕《あこぎ》な取り立てをしていたけれど、今のソフト闇金は友達のように、金の相談に親身に乗ってあげるのが味噌なの。返済する意思があれば延滞には目を瞑るし、プライベートな相談に乗ってあげて客とウエットな関係を作るの。あれこれ相談に乗るからそれをカウンセリングと言う人もいるけど、親身になってあげれば客は自分が被害者だとは思わないし、気軽に金を借りられる本当の友達のように錯覚するから」

アパートに戻るとまずは窓を開けて部屋に籠った熱を逃がし、冷房のスイッチを入れる。

最近エアコンの利きが悪く、なかなか部屋が冷えなくて困っていたけれど新しく買い替える気にはなれなかった。

冷たい麦茶を飲んで一息つくと、返済が滞っている客たちに催促の連絡を入れる。借りる時のえびす顔、返す時のえんま顔。金融業界には古くからそんな諺があったけれども、お金の返済日になった途端に態度を豹変させる客は少なくなかった。

「辻本さん。今月の支払いが遅れています。何かありましたか。とりあえず電話をください」

返済が滞っている客にはまずはSNSなどでメッセージを入れるが、それでも反応がない場合には携帯に直接電話をする。ちなみに貸金業法では、平日の午後九時から午前八時の間に債権者の自宅を訪問することはもちろん、電話やFAXもしてはいけないことになっている。しかし個人間金融はあくまで個人間のお金の貸し借りなので、そんなルールは守らない。

『すいまへん、週明けまで待ってもらえまへんか？』

すぐに辻本から電話が掛かってきた。

「何かあったんですか。なんなら相談に乗りますよ」

辻本とは奇妙な縁があり、かつてはとんでもない迷惑を掛けられたことがあったけれども、私が個人間金融を始めた時の最初の客になってくれた。今まで何回もお金を借りては返済できなくなったこともあったが、不思議といつも最後には工面してきたので、今では上顧客の一人になっていた。

『実はスマホが壊れてしもて、新しく買い換えたんですけど分割払いができんかったんですわ。ほんで一気に現金がのうなってもうて。週明けやったら現金が入ってくるかもしれへんので、それまで待てまへんか』

スマホの本体料金を通話料と一緒に払う人は多いが、本体部分は割賦販売に該当する。信用情報がブラックな人は分割払いが利用できないので、一括での現金払いをするしかなかった。

「わかりました。それでは週明けまで待ちます」

辻本には一〇万円を貸していたけれど、長い付き合いだったので今までの利子分で一〇万円以上回収できていた。だからもしも辻本が飛んでしまっても、トータルとしては儲かっていることになる。

《宮口さん。ご自宅の方に電報も打ちましたが、いい加減に連絡をくれないと、こちらにも考えがありますよ》

電話やSNSを無視する客でもこちらは自宅の住所を握っているので、電報や手紙で催促する方法もあった。昔の闇金はえげつなく、そういう客には糞尿や動物の死骸を送り付けたらしい。しかし回収のコツは脅すことではなく、しつこく嫌がらせのように催促することだと師匠から教えられていた。

宮口はここ一ヵ月、私の度重なる催促を無視し続けていた。宮口は昔ホストをやっていて、そのせいか相当神経が太い。そんな宮口からどうすれば貸したお金を回収できるのか、そのことが私の頭を悩ませていた。

《金沢さん。携帯に何度も電話しましたけど、一度も繋がりません。こうなりますと職場に

電話をしますよ。このメッセージを見たら必ず連絡をください》
スマホの電源をオフにすれば、電話が繋がらなくなるので、私の催促をシャットアウトすることはできる。しかし携帯を切りっぱなしにすることはできないから、メッセージを送れば必ず本人の目に触れる。ＬＩＮＥの場合は既読が付くため、うっかり忘れていましたという言い訳も通用しない。
金沢は電話で話した限りでは気が弱そうな男だった。三〇代の独身できちんと会社勤めをしていたので、まとまった金額を貸してしまった。もしも回収不可能となってしまうと、利子はもちろん元金分も丸ごと損になってしまう。
《金沢さん。携帯に何度も電話しましたけど、一度も繋がりません。こうなりますと職場に電話をしますよ。このメッセージを見たら必ず連絡をください》
無視されていると思うと腹が立つが、こんな風にコピペで何度も同じメッセージを送ることもできる。コピペだとわかっていても、また催促のメッセージが来たという事実が確実に相手にダメージを与えられる。攻める方が守るより強いように、こっちは催促のメッセージを好きな時間に嫌がらせのように送れるけれども、相手はじっと耐えるだけで手も足も出ない。
しかし相手がその気になれば、私の番号を着信拒否にすることはできる。
《このまま連絡が取れないと、会社の方に電話をしますがよろしいですか？》
サラ金が社会問題化した昭和の時代から、会社に電話をするのが取り立ての最も有効な手段だった。

昼間に会社に電話を掛ければ本人が捕まらないということは滅多になく、しかも上司や同僚に借金のことをばらすと言えば、給料を前借りしてでも何とか返済しようとする。しかしこれは貸金業法違反に当たるので、まずは会社に電話をすることを仄めかすところから始めていた。

その時、携帯が震えて金沢からメッセージが着信した。

《お借りしているお金の件で相談したいことがあるので、ちょっとお時間をいただけませんか？》

二

《小学生の子供が怪我をしてしまって、病院代など急な出費がかさんでしまいました。こちらは金利が安いとお聞きしました。三万円ほど貸していただけませんか？　穂花《ほのか》》

コンビニで買ったサンドイッチを公園のベンチで食べていると、そんなメッセージが着信した。今年の夏は猛暑だったが、今日は過ごしやすく頬に当たる風が心地よい。

高い空に白い雲がぽっかりと浮かんでいて、大きなくぬぎの木の向こうにタワーマンションが見える。臨海地域のこの辺はパワーカップルと呼ばれる若い共働き夫婦に人気があり、一億円を超えるマンションも珍しくなかった。

《それはお困りですね。三万円ならば一ヵ月の利子は二七〇〇円となります。支払いは一ヵ月後となりますが、それでよろしければお貸しします》

砂場に五歳ぐらいの男の子と三歳ぐらいの女の子の兄妹が見えた。プラスチックのスコップで砂を掘っている二人の脇で、大きなサングラスをしたママがスマホをいじっている。

《本当に金利が安いんですね。是非、貸してください》

《それでは免許証など、あなたの身分を証明する写真付きＩＤとあなたの上半身の自撮り写真を送ってください。審査が通れば、今日中にご融資できます》

サンドイッチを頰張って紅茶で流し込む。

砂場から女の子の泣き声が聞こえてきた。何か意地悪をされたらしく、サングラスを掛けたママが妹をあやしながら兄のことを叱っていた。

やがて穂花の自撮り写真が送られてきた。添えられたプロフィールから、穂花は二五歳で東京の墨田区に住んでいることがわかった。

《穂花さんは、お仕事は何をされていますか？》

その時大きな帽子を被った女性と日傘をさした女性が公園内に入ってきた。二人とも外国製のベビーカーを押していて、楽しそうに笑っている。

《派遣で事務的な仕事をしていました。しかし派遣期間が終了してしまって、次が決まるまで収入がありません。こんな私でもお金を借りることはできますか？》

収入がなければお金は貸さないのが貸金業の鉄則だ。

《失礼ですが、穂花さんはシングルママだったりしませんか？》

《そうなんです。我が家は母子家庭です。しかも別れた夫の借金を肩代わりさせられて、私自身もブラックなんです》
そうじゃないかと思っていた。
《私も若い時、借金には苦労させられました。その時の辛い経験もあって、今はこうやって個人的にお金を貸すようになったのです。収入のない方への融資は本来ならばお断りするところですが、母子家庭の大変さは身に染みてわかります。何とかして差し上げたいですね》
砂場では相変わらず女の子が泣いている。ベビーカーを押す二人のママは、そのまま公園を横切って私の視界から消えていった。
《本当ですか。どこからも借りられなくて困っていたんです。必ずお返ししますから、お願いします。お金がないと痛がる子供を病院に連れていけません》
携帯に目を戻すとそんなメッセージが着信していた。
《それではお子さんの在籍する学校名、学年とクラス、そして担任の先生の名前を教えてください》

アパートの鍵を開けて、真っ暗な部屋の電気を点ける。

窓を全開にしてからエアコンのスイッチを入れた後に、ポットの電源を入れてお湯を沸かした。今日はシングルママの穂花とやり取りをしていたせいもあり、あの日のことを思い出してしまう。

それは今夜と同じように、仕事で遅くなった日の出来事だった。普段ならば灯りが点いている部屋が真っ暗で嫌な予感がした。急いで灯りを点けた部屋に彩奈の姿はなく、テーブルに一枚の置手紙が残されていた。

その手紙には、「彩奈は責任を持って自分が育てる」と書かれていた。

まさか留守中に彩奈を連れ去られてしまうとは。

すぐに携帯に何度も電話をしたけれども繋がらない。後でわかったことだが、それは繋がらないのではなくて既にその時には番号を変えてしまっていたのだった。

「娘が誘拐されました。捜索願をお願いします」

すぐに所轄の警察署に飛び込んだ。

「捜索願不受理届が出ていますね」

お巡りさんの聞き慣れない言葉に頭を捻った。

特別な事情があって家出をし身内から探されたくない場合、警察に「捜索願不受理届」を出しておくと、警察は探してくれないどころか捜索願の受理さえしないことをその時初めて知った。

用意周到に警察に届け出までして連れ去っていたので、友人や親戚、そして彩奈の友達まで訊いて回っても彩奈の居場所はわからなかった。

その日から、心の中にぽっかりと穴が開いてしまった。

彩奈は私の生き甲斐だった。今まで碌《ろく》な人生を送ってこなかったけれども、どんなに苦しい時でも彩奈のためだと思えば耐えられた。彩奈がいなければ、何を励みに生きていけばいいのだろう。暫くは何もする気になれず、飲めない酒に溺れることもあった。

しかし時間が経つにつれて、少しずつ考えが変わっていった。

今まで彩奈にたくさんの愛情を注いできたけれども、私は彩奈にとってベストな親だと言えただろうか。感情に任せて怒ったり、酷いことをしてしまったこともあった。それに借金で首が回らないような状態では、彩奈を幸せにすることはできない。

ピーという音がポットから聞こえてきた。

シンクの下から買い置きしておいたカップラーメンを取り出して、蓋を捲って熱湯を注ぐ。湯気のせいで視界がぼやけ私は瞼を瞬かせる。

今ごろ彩奈は何をしているのだろう。

静かな部屋が寂しすぎるので、リモコンを使ってテレビの電源を入れた。男性アイドルがチームに分かれてゲームに興じていた。リモコンで他のチャンネルに変えようとしたけれど、この番組を彩奈が楽しそうに見ていたことを思い出した。

壁の時計で三分が経過したのを確認すると、カップラーメンの蓋を剥ぎ取り箸で軽くかき混ぜて麺を啜る。

彩奈に会いたい。

テレビからは相変わらずアイドルたちの歓声が聞こえている。今この瞬間に、彩奈も同じ番組を見ているのだろうか。

「シングルママぐらい、安心して貸し付けられる相手はいないのよ。男はいざとなったら家庭も会社も捨てて行方をくらませることがあるけど、彼女たちは夜逃げをしようと思っても子供の学校があるからね」

今日の師匠のデザートは、「贅沢シャインマスカットパフェ」だった。パフェグラスの中に敷き詰められたエメラルド色のマスカットの上に、白いホイップクリームがとぐろを巻いていた。

「そうですね。子供にずっと学校を休ませるわけにもいきませんし、転校させるのも大変ですからね」

シングルママたちにお金を貸し付けるようになったのは、そんな師匠のアドバイスがあったからだ。

「しかもお母さんが若くて美人ならば、取りっぱぐれることはないからね。それでその穂花っていうお母さんは美人なの？」

「これが写真です」

携帯に保存しておいた穂花の画像を師匠に見せる。

「いいじゃない、見た目も若いし。この子なら人気が出ると思う」

師匠はいくつかのデリヘル店のオーナーでもあった。お金を貸し付けたシングルママたちが返済できなくなったとしても、師匠のデリヘル店で働かせればすぐに回収することができる。

「それで穂花にはいくら貸したの」

師匠は私に携帯を返しながらそう訊ねる。

「三万円です」

「子供は何歳？」

師匠はエメラルド色のマスカットをスプーンで掬《すく》い、大きな口を開けてパクリと食べる。

「小学一年の息子さんと、四年生のお嬢さんです」

そう答えると、私はアイスココアをストローで吸った。

「二人もいるんだ。それじゃあ、ますます大変ね。母子家庭の手当はもらっているの？」

「もちろんです。だけど子供が二人もいると、手当だけでは足りなくて、新しい仕事を探しているようですけど、なかなか見つからないみたいです」

「穂花の旦那も養育費は入れていないんでしょ？」

「旦那さんとは音信不通だそうです」

離婚したからといって男親の義務がなくなるわけではない。子供が成人する一八歳まで月々の養育費を支払わなければならないのだが、継続的に支払っている男親は二割程度で、六割のシングルママが一度も養育費をもらったことがないというデータがあった。

「借金がいくらになったら、穂花に風俗の仕事を紹介しましょうか」

いくら借金があっても、風俗で働くことに抵抗を感じる人は多い。借金が膨らんでしまい、いよいよ風俗で働くことを決意するまで焦らずじっくり待たなければならなかった。

「少しだと返済されても儲からないから、五〇万円ぐらいは貸し付けた方がいいんじゃない」

その辺の見極めが難しかった。

五〇万円を貸し付けるのは簡単だけれど、その後、穂花が風俗で働いてくれる保証はない。そうなるとシングルママから五〇万円もの大金を回収するのは大変で、何年もかかってしまうだろう。

「ところで沼尻。あんた連れ去られた娘さんを探したいって言ってたよね」

かつて師匠に彩奈のことを相談したことがあった。

「はい。今でも暇を見つけては心当たりのあるところを尋ねたりしているんですけど、全然居場所が分からなくて」

「私の知り合いに腕の良い探偵がいてね。どんな行方不明者でも絶対に見つけてみせるって言っていたわよ」

「本当ですか。是非お願いしたいんですけど」

「だけど費用はかなりかかるよ」

師匠は指で丸を作ってそう言った。

「どのぐらいですか」

師匠が口にした金額は、今の私がすぐに出せるようなものではなかった。

彩奈の保育園時代の先生を訪ねて、新たな情報を聞き出そうと思っていた。しかし久しぶりに訪ねてみると、先生は産休を取っていて全くの無駄足になってしまった。

保育園の門を出るのと同時に、ポケットの携帯が鳴った。ディスプレイを見ると、一ヵ月も借金を延滞していた辻本からだった。

『沼尻さん、利子を含めて全額入金したったから。確認しといてな。また何かあったらお願いするわ』

一ヵ月も延滞していたので、今回ばかりは駄目かもしれないと思っていた。

「本当ですか、ありがとうございます。しかしどうやって一〇万円も稼げたんですか」

『競馬で大穴を当てたんや。最近調子がわるかったんやけど、だいぶ勘が戻ってきよった』

これまで辻本がどうして借金を返済できたのか、その謎がやっとわかった。この男はギャンブルで借金を作っていたが、そのギャンブルで借金も返済していたのだった。ちなみにここ一番の大勝負の時は、独特の勘が働くのだそうだ。

「万馬券でも当てたんですか」

『万やあれへん、一〇万や。しかも一万円買《こ》おた馬券が当たったんや』

一〇〇円が一万円になる万馬券のさらに一〇倍、それを一万円分買ったということは、一〇〇〇万円ぐらいの金額が懐《ふところ》に入ったことになる。

「それは凄いですね」

『これからはウチが沼尻さんから金を借りるんやのうて、ウチがあんたに貸すようになるかもな』

見上げると、高く澄み渡った空に、秋の静かな雲が斜めに流れていた。

駅に向かって歩いていくと中学校があり、テニスコートでラケットを振る女子中学生の姿が目に入る。今でもテニスをしている中高生を見ると、ちょっと複雑な気持ちになってしまう。つい一〇年ぐらい前には、私も同じように無心にボールを追いかけていた。しかし私の人生の躓きは、あのテニス部時代にもう始まっていたような気もする。
ふと我に返ると、新しいメッセージが着信していた。
《今月分の利子を入金しました。来月は元金も返せるように頑張ります。穂花》
穂花には三万円を貸し付けたが、失業中の身だったので利子の返済だけで勘弁してあげていた。もっともそれこそが私と師匠の作戦だった。
駅に向かって長い坂を下りていく。自転車に乗った中学生が音も無く凄いスピードで私のすぐ横を通り過ぎたのでヒヤリとする。歩きスマホは危険だが、私は親指一本で穂花への返信メッセージを入力する。
《ところで穂花さん。母子家庭には助成制度がありますから、医療費は実質無料になりますよ。区役所の子育て支援課に相談すればいいみたいです》
シングルママを優先してお金を貸し付けていたので、母子家庭の色々な制度に詳しくなった。
《そうだったんですか。そんなこと誰も教えてくれませんでした》
生活困窮者や母子家庭には、手当や補助金などの様々な制度があるのだが、行政はそれを積極的にアピールしてはいない。
《遠慮しないで何でも相談してください。それから母子家庭を対象に、無料で食品を提供してくれるNPO法人のリンクを貼っておきますので、よかったらご覧になってください》
顧客のシングルママたちに、役立ちそうな情報をこまめに連絡してあげていた。そんなメッセージを何回もやり取りしていけば、自然と信頼感は高まっていく。

《どうもありがとうございます。今度暇になったら、区役所に行ってみようと思います》
そう返信してきたけれど、穂花が本当に役所に行くかどうかはわからない。職探しと子育てに追われるシングルママが、平日の昼間に区役所に行くのは大変だし、仮に行ったとしても、手続きが煩雑で実際に助成を受けるのは簡単ではない。
《すぐにお金は出ないと思いますから、追加の融資をしましょうか？》
穂花には、もっとお金を借りてもらわなければならなかった。
《そうですね。医療費が戻ってくるならば、それを見込んでもう三万円貸してもらえますか》

三

「今日はお忙しいところをすいません。打ち合わせ場所はこの先なので、とりあえず私についてきてください」

借金返済の相談をするために知り合いと会って欲しいと言われ、午後二時に金沢と渋谷のハチ公前で待ち合わせた。金沢は仕事を抜け出してきたようで、グレーのスーツ姿に青いネクタイを締めていた。

「どこに行くんですか？」

「来ればわかります」

金沢はなだらかな坂を私の先になって登っていく。季節はすっかり秋になっていたけれども、日差しが強くて私の額に汗が滲んだ。

「ここから遠いんですか」

「いいからついてきてください」

金沢は振り向きもせず、坂道をどんどん登っていく。

坂を登り切ったところでスマホを見た金沢は、風俗店の脇にある地下に続く階段を指さした。

「ここみたいです」

そう言ってさっさと階段を降りていく。

慌てて後に続くと、地下一階にバーのような飲食店の扉が見えた。昼間は喫茶店として営業しているらしく、店内に入るとクラシックの音楽が流れていた。カウンター席では、パンチパーマの男が一人でコーヒーを飲んでいた。

金沢は奥のテーブル席まで行くと、そこに座っていた紺のスーツ姿の男に挨拶をした。そして私に向かって手招きをする。

「こちらの方が、私の代わりに借金の相談があるそうです」

金沢が目を合わせずにそう言うと、黒縁のメガネをかけたスーツ姿の男は座ったままで会釈をした。

「金沢さん。これはどういう意味ですか」

金沢と黒縁メガネの男の顔を交互に見る。

「あなたの違法な取り立てに金沢さんが困っていらっしゃったので、私が間に入ってあげることにしたんですよ」

金沢の代わりに黒縁メガネの男がそう答えた。

「あなた、善良な市民の無知につけこんで、あくどい商売をしているそうじゃありませんか」

この男の職業は何だろう。銀行マンか弁護士のようにも見える。

「あくどい商売なんかしていません」

「まあ、お座りください」

男は手で私に着席するよう促した。金沢がはす向かいに腰を下ろしたので、私はテーブルを挟んで二人の男と対峙することとなった。

「あ、あなたが、金沢さんの借金を返済してくれるとでも言うんですか」

冷静に言ったつもりだったが声が上擦ってしまった。

「金沢さんは、あなたからいくらお金を借りたんですか」

男がタブレットを開きながらそう訊ねる。

「三〇万円です」

「それは利子も含めた今の債務の合計ですよね。利子を除いた元金部分はいくらですかね。そしてこれまでに金沢さんが返済した金額も全部教えてください」

私は思わず息を呑んだ。この男は素人《しろうと》ではない。どこかで金融の仕事をしてきたか、または本物の弁護士かもしれない。

「そんなことを、あなたに言う必要はありません。金沢さん、これはどういうことですか」

「あなたが悪いんですよ。今まで私から違法な利子を取っていたんですよね。この人たちが借金を棒引きにしてくれるって言うからお願いしたんです」

何をいまさらと金沢を睨んだが、すぐに視線を逸らして黒縁メガネの男の顔をちらりと見た。きっと金沢は借金を棒引きにする条件で、この男に報酬を払う約束をしたのだろう。

「金沢さんは既に元金を払い終わっているばかりか、あなたにかなりの過払い金を払っています。今日はそれを回収させていただきます」

「そんな馬鹿な。借金を返さないどころか、私からお金を取ろうって魂胆ですか」

思わず立ち上がろうとすると、後ろから強い力で肩を押さえつけられた。

「屁理屈を言いなさんな」

振り返ると店に入った時にカウンター席にいたパンチパーマの男が、私の肩を押さえつけていた。

「われがやっとるこたぁ、明らかな法律違反じゃ。出るところに出たら、逮捕されるなぁわれの方じゃ」

パンチパーマの男は笑みを浮かべてそう言った。その不気味な笑顔が、怒鳴られるより怖かった。カウンターの中に黒いベストを着た店員らしき男がいたが、ここでの騒ぎなど聞こえていないかのように黙ってグラスを磨いていた。

「しかし、過払い金だなんて……」

昔から闇金とヤクザにはそれなりの繋がりがあった。

安全に商売をするためにヤクザにみかじめ料を払っていた業者もいたし、ヤクザ自体が闇金をやっていたこともある。知らずにヤクザの客に手を出してしまい、見せしめにボコボコにされたという怖い話も聞いたことがある。

しかし個人間金融はネットで客を探すので、ヤクザの縄張りを気にする必要がなかった。だから私はどこかのヤクザや反社会勢力に、ケツモチをしてもらってはいない。

「わしらを誰じゃ思うてるんじゃ。そんな言い訳をするならば、二度と商売できんようにしちゃるぞ」

パンチパーマの男がテーブルを叩いて大声を出した。鍵が閉まるような音が聞こえたので振り返ると、ベストを着た店員が入り口の前に立っていた。

「こうやって優しゅう言うちゃりよるうちに、有り金を置いてここから出ていった方が身のためじゃ。お互いに警察に訴えるわけにゃあいかんけぇのぉ」

パンチパーマの男が耳元で囁いた。

《岡田さん。約束の期日から二日過ぎましたが、まだ入金されていません。ご連絡をいただけますか？》
金沢の借金はヤクザに棒引きにされてしまい、さらに過払い金ということで財布の中の八万円も取られてしまった。暴力を振るわれなかっただけましだったけれど、このままでは今月の師匠への返済が滞ってしまう。師匠はお金に関してはとことんシビアで、もしも返済できないとなると何をされるかわからない。

そんな中、上顧客だと思っていた岡田からの返済が、遅れていることに気が付いた。

《岡田さん。お電話もお掛けしましたが繋がりません。とりあえず携帯までご連絡をいただけますか》

岡田のスマホに催促のメッセージを入れたのはこれが三回目だった。しかしいくらメッセージを送っても、そして直接電話をしても反応がなかった。

《携帯に出ていただけないので、職場の方に電話をします。それでもよろしいですね？》

まるでこの世から消えてしまったかのようだった。

こうなってしまえばしょうがない。貸し付けた時に掛けたスマホの発信履歴を遡《さかのぼ》り、岡田の会社に電話を掛けた。

「もしもし。菅沼と申しますが、岡田武さんはいらっしゃいますでしょうか」

電話に出た女性にそう告げた。どちらの菅沼かと訊ねられたら、何て答えようかと困っていたけれども、電話口の女性は『少々お待ちください』と言っただけですぐに保留音が聞こえてきた。

『お電話代わりました。岡田ですが、失礼ですがどちらの菅沼さんでしょうか？』

男性の野太い声が聞こえてきた。

「個人間金融の菅沼です。携帯に何度も掛けたんですが、繋がらないようなので会社に掛けさせていただきました」

ＳＮＳ上では岡田と何度もやり取りをしていたが、直に話すのは初めてだった。

『はあ？　どちらの菅沼さんですって？』

素っ頓狂な声が聞こえてきた。

「個人間金融、つまりＳＮＳを通じてあなたにお金を貸し付けた菅沼です。お支払いの期日が過ぎても入金がなかったので、職場に電話をさせていただきました」

言葉遣いは丁寧に、しかし言うべきことははっきりと言う。舐められてもいけないし、脅されたと警察に通報されても困るので、その辺の強弱の付け方が難しい。

『すいません。おっしゃっている意味がわかりません』

思わぬ返答に言葉が詰まる。借金が返せないからしらばっくれているのだろうが、それにしては声が妙に落ちついている。

「先月、あなたに三〇万円をお貸しした菅沼です。一昨日が返済日だったのに入金がないから、こうやって電話を掛けたんです」

『何のことですか。私は誰からもお金を借りてなんかいませんよ』

「そんなことはないでしょう。岡田さんのＳＮＳのダイレクトメッセージに、私からのメッセージが届いていませんか」

『ちょっと待ってください。調べてみますから』

スマホから聞こえてくる声が途切れる。おそらくスマホをチェックしているのだろうが、急に嫌な予感がしてきた。

『菅沼さんという方のメッセージは来ていませんね。そもそも私は、ＳＮＳは見るのが専門ですから』

「本当ですか。銀座で遊んでお金がなくなってたんじゃないんですか」

『銀座になんかここ何年も行っていません』

嫌な汗が背筋を伝わる。

師匠の顔が脳裏に浮かんだ。金沢に続いて岡田にまで騙されたら、師匠への返済は完全にアウトだ。どこかの闇金からお金を借りて、師匠への支払いをしなければならないかもしれない。

岡田武の免許証と一緒に自撮りした岡田の画像をまじまじと見た。ひろい額と大きな鼻が印象的だった。

「岡田さんの住所は相模原ですよね？」

『いいえ、私が住んでいるのは幕張です。神奈川県には一度も住んだことはありません』

この岡田武は、私がお金を貸した岡田武ではない。

ならばこの免許証に写った人物は誰なのか。

この画像をSNSに上げれば、ユーザーたちがあちこちに拡散してくれる。お金は返って来ないが、それで再犯が防げるし一矢報いた気分にはなれる。

しかし免許証自体が偽造されたものだったらどうなのか。そうだとすれば、この写真の男も私を騙した人物ではない可能性が高かった。

「岡田さん。あなたの誕生日は、昭和五六年六月七日じゃないですか？」

私は免許証に書かれていた生年月日を読み上げた。

『違います。私は平成生まれですから』

「ヤクザに続いて三〇万円も借りパクされるなんて、あんたどんだけ間抜けなの。それともよっぽど運が悪いのか。いっそお祓《はら》いにでも行った方がいいんじゃないの」

ヴィトンのスカーフを巻いた師匠は呆れ顔でそう言った。

「そんな他人事《ひとごと》みたいに言わないでください。何とかお金を取り返す方法はありませんか」

師匠なら何かいい方法を知っているのではと期待していた。

「ヤクザに会いに行く前に一言相談してくれればね」

「気の弱そうな客だったんで、まさかそんな目に遭うとは思っていなかったんですよ。男三人に囲まれたら、もうどうしようもなかったんです」

まだ酷い目に遭わされなかっただけましだったと、自分を納得させるしかなかった。

「そういう時はスマホの録音機能をオンにしておくの。そうなると恐喝罪の確固たる証拠となるから、警察に行くと言い張ればその場を収められたかもしれないけど」

その話を先に聞いていればと後悔する。今度同じような目に遭った時は、そうしようと肝に銘じた。

「借りパクに関しては、まあしょうがないね。個人間金融でも闇金でも、貸し倒れを一〇〇%防ぐのは不可能だから」

師匠はあっさりそう言って、「濃密おいもほっこりパフェ」をスプーンで掬った。

「だけどその岡田って男、ただの借りパクじゃないわね」

「どうしてですか」

「会社の電話に出たのだから、その岡田っていうサラリーマンの名刺は本物だったわけよね」

私は黙って頷いた。そこに電話をして岡田と話したのだから、名刺は間違いなく本物だった。

「名刺が本物ならば免許証を細工したことになるわね。免許証や社員証も裏社会では普通に売られているけれど、個人間金融で借りパクする程度のものならば、犯人は自分で作ったんじゃないかな」

「そんなことが素人にできるんですかね」

一つ離れたテーブルで、青いネクタイを緩めたビジネスマンがノートパソコンのキーボードを一心不乱に叩いていた。

「スマホの画像でバレない程度のものだから素人でも作れると思うけど、名刺を入手した上に、その名前で偽造免許証を作って借りパクしているということは、プロの詐欺師や振り込め詐欺流れの反社グループが関わっているかもしれない」

師匠の眉間に皺が寄った。

「振り込め詐欺ですか……」

「彼らも昔ほどは稼げなくなっちゃったからね。振り込め詐欺も闇金も、食うか食われるかの弱肉強食の世界だから」

私は昔から人に騙されやすいタイプなので、また同じような目に遭うのではないかと心配になった。

「他に報告はないの。困ったことがあれば相談に乗るけど」

師匠にそう言われ、宮口の顔が脳裏を過った。

「実は客の一人に無視され続けて困ってるんです。電話も駄目で、この間直接家に行ったんですが、居留守を使われてしまいました。結構貸し付けているので、このまま踏み倒されるわけにはいかないんですよ」

「そういう場合は消防車を呼べばいいのよ。ピザや寿司の出前でもいいんだけど、やっぱり消防車の方が効果は絶大だからね。サイレンを鳴らした消防車が何台も集まってきたら、さすがに居留守は使えなくなるから」

師匠はそんな嫌がらせをして、闇金時代に客を極限まで追い込んだらしい。

「闇金は舐められたら終わりよ。裏切って逃げたら命を取られるぐらいに思わせないとね」

背筋に寒いものを感じてしまう。

今月は借金を返せないと白状したら、師匠は何と言うだろうか。

「そろそろ生活保護費の受給日だけど大丈夫？」

生活保護費の受給日前は一ヵ月で最も忙しい時期だった。普通にＳＮＳでお金を借りたい人を募るだけで、客からの問い合わせが殺到した。

「わかっています。しかし数日我慢すれば生活保護のお金が満額手に入るのに、どうして個人間金融でお金を借りるんでしょうか」

その心理がどうしても理解できなかった。

「それは依存症だからよ」

「借金依存症ですか」

「それもあるけどギャンブルね。私たちに払う利子も公営ギャンブルの寺銭みたいなもので、大して気にならないの。どうせ負けたら有り金全部なくなるからね」

大穴を当てて借金を返済した辻本のことを思い出した。

「彼らにとって一ヵ月間の利子がいくらとか、そんなのあんまり関係ないの。だってギャンブルですってしまえば、いくら借りても同じだから。勝てば借金が返せるし、負ければまた借りればいいんだから、もう自分の金である実感がないの。そもそも生活保護の金だから、その原資は税金から出ているわけだし」

まさに「金は天下の回りもの」というわけなのか。

「ところで師匠。今月は借りパクにあったりして、約束の金額をお返しできないかもしれません」

私は大きく頭を下げた。

もしも勘弁してくれなかったら、闇金でお金を借りるつもりだった。しかしトイチやトサンで借りる前に、まずは師匠に正直に相談しようと思った。下手な計算をしないで、まな板の鯉になったつもりで精一杯の誠意を見せる。今までもピンチの連続だったけれども、そうした方がうまくいくことが多かった。

「まあしょうがないわね。今月の返済はそれでいいけど、まさか来月も返せないってことはないでしょうね」

「そ、それは……」

今月は不幸な事件が重なりすぎた。だからと言って来月になれば急に儲かりだすというわけでもない。

「あんたそろそろ覚悟を決めなさい。沼尻はもっと私からの融資を増やして、事業を拡大するべきなのよ」

「お借りしたいのは山々ですけど、収益の割には貸し倒れが多すぎて……」

「それはあんたが低すぎる金利で貸しているからよ。もっと高い金利にしても、客は見つかるから大丈夫よ」

生活が苦しいシングルママの顧客が多いこともあり、私は今一つシビアになり切れなかった。

「私ってこの仕事向いてないんですかね」

「沼尻がこの仕事に向いているかどうかはわからないけど、あんたは私のパートナーとしては悪くない。もう少し頑張って稼いでは欲しいけど、基本的には私はあんたを信用しているからね」

「どうも、ありがとうございます」

師匠から励ましの言葉をもらい、少し気持ちが軽くなる。

「金利を上げるのが嫌ならば、広告を打って顧客数を増やすっていう方法もある。昔はパチンコ店の近くでチラシを貼ったり、多重債務者のリストを買ってDMを出したりと大変だったけど、それに比べれば今は楽ね」

確かに広告を出せば、一気に融資が拡大し利益も倍増するはずだ。

「私の顧客はシングルママがメインですから、保育所の近くでチラシを撒きましょうか」

「沼尻。このネット時代に、あんたどんだけアナログなの」

良いアイデアだと思ったのに、師匠は呆れ顔でため息を吐いた。

「個人間金融なんだから、広告と言ったらSNSに決まってるでしょ」

SNS広告は数千円から出稿できて、審査も比較的緩かった。

「ところであんた、仮想通貨って知ってる？」

話が唐突に変わったので、目を瞬かせて師匠の表情を窺った。

「まあ、CMとかもやっていますから知ってはいますが、詳しいことはわかりませんね」

「私、試しにちょっと買ってみたんだけど、最近相場が爆上げしていて、あっという間に利益が出たのよ。ねえ、あんたも投資してみない？」

「私はいいですよ」

そんなお金があったら、彩奈を探すために探偵を雇う費用にする。

「仮想通貨は乱高下が激しいけれど、上がるも下がるも基本的には五分五分なの。だけど市場自体は拡大しているから、ずっと持っていれば上がる可能性の方が高いのよ。しかもレバレッジと言って、少ない元金で大量に買うこともできるの」

株やFXも同じだったが、先物取引を利用して自己資金の何倍もの仮想通貨を買うことができる。もちろんリスクも同じように増えるのだけれど、少ない資金で何倍もの利益を得ることができるそうだ。

「一番レバレッジが高いところは一〇〇倍まで買えるのよ。たった一〇万円で、一〇〇〇万円の取引ができるっていうわけ。どう、やってみない？」

「だから私はいいですって。そもそもそんなお金ありませんから。だけどどうしてそんなに熱心に、仮想通貨を勧めるんですか」

「新しいビジネスのチャンスがあるような気がするの。それに実は今お友達紹介キャンペーン中で、新規加入者を紹介したらポイントがもらえるの」

「そんなことだったんですか」

「もちろん新規入会者もポイントがもらえるから、お互いにメリットがあるのよ。あんたの客で興味ありそうな人がいたら紹介してよ」

「みんな明日のお金にも苦労している人たちですよ。そんな訳のわからないものに、投資する人なんかいませんよ」

「そうでもないのよ。上がるか下がるかの丁半博打みたいなものだから、ギャンブル好きは乗ってくるはず。競馬で大穴を当てるより仮想通貨の方が簡単だって言えば、結構やりたがる人はいるはずよ」

師匠にそこまで言われると私としては断り辛い。

「ギャンブル好きですか……。まあ師匠がそこまで言うなら訊いてみますが」

私の言葉に満足したのか、師匠はにっこり微笑んだ。

「それでどうする？　追加融資をしてあげようか」

師匠はしきりに融資を勧めるが、これは何かの策略なのだろうか。

「じゃあお願いします。だけどこんな調子だと、傷口を広げて却ってご迷惑を掛けてしまいそうで心配です」

借金も経費も膨らむばかりだった。うまくいけば利益は倍増するだろうが、失敗すればそれこそ首が回らなくなる。

「大丈夫よ。そういう時のために、沼尻には安くない生命保険を掛けてあるから」

ハートマークが浮かんだカフェラテを片手に、コーヒーチェーン店の一番奥の席に腰を下ろした。

《五歳の男の子と三歳の女の子の母親です。お金がなくてアパートを追い出されそうです。二〇万円ほど貸してもらえないでしょうか？　麻里子》

《コロナでキャバの仕事を首になり、子供の給食代が払えなくなってしまいました。今日中に三万円貸してください。　あやめ》

《DV夫と別れて、女手一つで小二の娘を育てています。しかも病気になってしまって、貯金が底をつきました。理由あってブラックなので、金融機関からは借りられません。本当に困っています。助けてください。　絵梨》

SNS広告には驚くほどの効果があった。「母子家庭」「シングルママ」「低金利」「融資」などのキーワードで様々なメディアにSNS広告を出した。しかも金利は個人間融資の中では段違いに安かったので、全国からたくさんの申し込みが舞い込んだ。

一人しか座っていない隣の席から話し声が聞こえてきた。黒いパンツスーツを着た若い女性が、パソコンを開いてリモート会議をしている。

この店はフリーＷｉ－Ｆｉも使えるので、まだ対応できていない新規客のダイレクトメッセージに片っ端から返信するつもりだった。
《家賃を滞納してしまって、今日中にお金を用意しないと追い出されてしまうのです。七歳の子供を抱えていて、働きたくともちょうどいい仕事が見つかりません》
そのメッセージを読んだ時、他人のような気がしなかった。
住んでいるところを追い出されるということは、生活の基盤だけでなく社会的な信用を失うということでもあった。個人間金融を頼るぐらいだから、既に相当追い込まれていることは間違いない。冷静な判断ができなくなり、子供を道連れに無理心中なんてことになったら最悪だ。
子供の名前を聞き出し借り手本人の写真を確認すると、私は躊躇わずに融資を決めた。
《特に問題がなければ、今日中にお金を振り込みます。お金を入金して欲しい口座番号を教えてください》
すぐに入金をしにコンビニに行きたかったけれども、処理し切れないでいる新規客からの申し込みが山のように残っていた。
《遠山美奈代と申します。急な出費で一〇万円ほど必要になってしまいました。毎月一万円ずつ、残りは一二月のボーナスで一括返済します》
美奈代は二四歳の独身ＯＬで、神田の会計事務所に勤めているとのことだった。最初の客で一〇万円はリスクが高いが、一ヵ月後ぐらいにボーナスが出るのならば払えない金額ではないだろう。

《一〇万円ですと月九〇〇〇〇円の金利となりますがよろしいですか？》
ハロウィンが近いので、店の装飾品としてオレンジ色のカボチャのランタンがいくつも置かれていた。向かいの席では女子大生風の女の子二人が、パンプキンケーキを食べながらお喋りに夢中になっている。
《それで問題ありません》
携帯を片手で操作しながらカフェラテを啜ると、すっかり冷たくなっていた。隣で会議をやっていた女性の姿もいつの間にか消えていて、代わりに初老の男性がスポーツ新聞を読んでいた。
《それでは免許証と一緒に写したあなたの顔写真をスマホで撮って送ってください。それと会社の名刺があれば、その画像も一緒に送ってください》
免許証と一緒に写った美奈代の自撮り写真と、会計事務所の名刺の画像が送られてきた。ぱっちりとした目の魅力的な女性が、紺色のセーターを着てにっこりと微笑んでいる。一緒に送られてきた名刺の会社を検索すると、神田にある会計事務所のホームページが確認できた。
免許証に書かれた住所は、大田区蒲田の洒落た名前のマンションだった。住所をグーグルマップに打ち込んで、同じ名前の白いマンションがあることも確かめる。岡田の借りパクにあって以来、慎重に免許証を調べるようにしていた。
《スタッフから在籍確認の電話を掛けさせていただきますが、何時ぐらいならば会社にいらっしゃいますか？》

在籍確認は抜き打ちで行うこともある。退職してしまった職場の同僚と口裏を合わせられたりすることもあるけれども、この場合はそこまで用心しなくてもいいだろう。

《もう出社していますので、今すぐに掛けてもらっても大丈夫です》

事務所のホームページに載っている電話番号と名刺の番号が同じであることを確認しながら、私は携帯電話のボタンを押した。

「もしもし大沼と申しますが、遠山美奈代さんはいらっしゃいますか」

『私が遠山です。個人間金融の方ですか？』

何かに怯えたようなこもった声が聞こえてきた。美奈代の会社は小さいようで、本人が直接電話に出てくれたので手間が省ける。

「そうです。個人間金融の大沼です。お忙しいところすいません。これで在籍確認ができました。ちなみに借りたお金は何にお使いになる予定ですか？」

『高校時代の友人の結婚式が週末に地元で開かれるので、そのお祝い代とか交通費とかです』

もう一度、美奈代の自撮り写真をじっくりと見る。

最近はどんな収入があるかより、風俗で働いた時に人気が出るかどうかで与信を審査していた。大きすぎる目にちょっと違和感を覚えたが、朝からきちんと仕事をしているぐらいだから勤務態度は真面目なはずだ。

「それでは今日中にお金を振り込みます。今月の利子分の九〇〇〇円とＡＴＭの手数料を差し引いた金額となりますが、それでもよろしいですか」

『それで結構です』

囁くような声が電話の向こうから聞こえてきた。

四

「こんな夜中に悪かったわね」

街に一足早いクリスマスデコレーションが目立ち始めた。アメリカにはサンクスギビングデーというビッグイベントがあるが、日本では定着していないので、どうしてもクリスマスが来るのが早まってしまう。

年末は書き入れ時で追加の資金が必要だった。師匠に打ち合わせを申し込むと、昼間は身動きが取れないと言うので、珍しく夜に打ち合わせることになった。

「デリヘルの店長からいい子がいないかと相談されたんだけど、その後穂花はどうなった？」てっきりいつものファミレスに呼び出されると思っていたら、「たまには一杯飲もう」と居酒屋での打ち合わせとなった。一足早く着いた私は、一人でビールをちびちびと飲んでいた。

「そろそろ口説こうとは思ってますけど、もう少し時間がかかるかもしれません」

「そうなんだ。じゃあ、他にデリヘルで働きそうな子はいない？」

エプロン姿の店員に、師匠は酎ハイといくつかのおつまみをオーダーする。今日のスカーフはグッチだったが、さすがにこの店では浮いている。

「シングルママじゃないですけど、一九歳の専門生にお金を貸したんです。この子はデリヘルで働けますか？」

そう言いながら瞳の画像を師匠に見せる。瞳は返済に行き詰まり、このままでは破綻するのが目に見えていた。

「一九歳ならOKよ。金髪なのがちょっと気になるけど、若い子で金に困っている子がいたら、とにかく私に相談して」

店員が師匠の分のお通しと酎ハイのジョッキを持ってきて、テーブルの上に音を立てて置いた。

「わかりました」

私たち二人はグラスを掲げて乾杯をした。師匠と二人でこうやって酒を飲むのは、今日が初めてだった。

「師匠、追加の融資をお願いできないでしょうか」

SNS広告を打って以来、新規の申し込みが殺到していた。ここは一気に融資を増やして勝負に出てみようと思っていた。

「それでいくら必要なの。一〇〇〇万、それとも二〇〇〇万？」

「いやいやそんな大金返せませんよ。三〇〇万円ほどで結構です」

「そんなちょっとでいいの」

それでも師匠から借りるお金は、合計で一〇〇〇万円を超えてしまう。

「これからは新規の男性客は取らないで、シングルママや若い女性専門でやろうと思っています。手間はかかりますけどリスクは大幅に抑えられますから」

男性にはよく騙されたけれど、シングルママの顧客は真面目な人が多く安心だった。

「その方がいいかもしれないね。それじゃあ明日中に現金を用意しておくから、受け渡し場所が決まったら連絡をちょうだい」

師匠は徹底した現金主義者だった。

「そろそろインターネットバンキングにしたらどうですか。振り込みのたびにコンビニや銀行に行くのは面倒ですよね。盗難や紛失だって心配ですし」

「あんたは相変わらずバカね」

師匠は蔑んだような目で私を見た。

「私ぐらいになると、金の流れを銀行に捕捉されるわけにはいかないのよ。税務署にばれたら、脱税の追徴金だけでとんでもない金額になっちゃうからね。だから私は昔から銀行は必要最低限しか利用しない」

そう言われて初めて合点がいった。毎月の返済を直接現金で手渡しさせられていたのも、すべては税金を逃れるためだったのだ。

「それに銀行って、昔から大っ嫌いだったし」

「どうしてですか」

「私の父親が事業に失敗したのは、銀行の貸し剝がしがきっかけだったから」

大きなサングラスを外し、師匠が遠い目をしてそう言った。

「銀行って金貸しとして最低だと思う。晴れの日に傘を貸して雨が降ったら取り上げるからね。それに比べれば闇金の方がまだましよ」

師匠の父親の会社は最後の方は確かに経営が良くなかったが、それでも何とかやっていたのだそうだ。しかしある日、銀行がいきなり債権の回収に動いたので、一気に資金繰りに行き詰まった。

「銀行から見放された父親は、最後は詐欺師に引っ掛かったわ」

師匠は酎ハイを一口飲んだ。しかし酒はあまり強くはないようで、もうほんのりと頬が赤くなっている。

「お父さんは何の詐欺に遭ったのですか」

師匠が自分の過去を話すことは滅多になかった。今ならば色々聞けると思い、私は思わず身を乗り出した。

「手形詐欺よ。父親は小さな町工場をやっていたんだけど、最後はどこからも金を借りられなくなってしまった。そこで会社を畳めればよかったんだけど、従業員のこともあったし、最後の最後まで諦められなかったの。そしてそんなタイミングで手形を担保に融資をしてくれると言う人が現れて、その人を信用してしまった。それが運の尽きだった」

「その人が詐欺師だったわけですか」

「最初の一回だけは本当に金を貸してくれた。それで信用した父親がもっと大きな金額の手形を切ると、その人は姿をくらまして、代わりにヤクザが家にやってきた。すぐに手形を現金化しろってね。それって手形詐欺の典型的なパターンなんだけど、藁《わら》にもすがりたかった父親はすっかり騙されちゃったのよ。それで会社は倒産。ショックで父親が亡くなって、ヤクザは娘の私に借金を払えって迫ってきた」

「だけど父親の借金は、子供が相続しなくてもいいんじゃないんですか」

「そんなことを高校卒業したばかりの私が知っているわけないじゃない。それに両親のことは好きだったし、見捨てるわけにはいかないと思っていたら、いつの間にか風俗で働いていたのよ」

私は思わず絶句してしまった。師匠は酎ハイを飲み干して、店員を呼んでお代わりをオーダーした。

「師匠も大変な人生を歩んできたんですね」

「だけどそこから私の人生が激変するの。風俗の客の中で、私をすごく気に入ってくれた社長がいたの。そして借金を肩代わりしてやるからって、その社長のもとで働くように誘われたの」

つまりその社長の愛人になれと言われたらしい。師匠の顔をまじまじと見たが、目鼻立ちがはっきりとしていて若い時はきっと美人だったに違いない。

「その会社は最初はどこにでもあるようなただの街金だったんだけど、闇金ブームの流れに乗ってみるみるうちに業界でも有名な大手の闇金会社に成長したの。そして私もその会社の経理担当の専務を任されるようになった」

「なるほど。そして年収一億以上も稼ぐようになったんですね」

師匠は新しく運ばれてきた酎ハイを一口飲んでから頷いた。

「人生って何が起こるかわからないもんですね。それでその闇金の社長は、今はどうしているんですか」

酎ハイのジョッキをテーブルに置くと、師匠は小さなため息を吐いた。

「殺されたわ」

「どうしてですか？」

思わず大きな声が出てしまう。

「社長は自宅に何億円もの現金を隠していたから、その現金を強奪しようと考えた悪い部下がいたの。億単位の金が手に入ると思うと、人を殺すことも躊躇わなくなるバカが出てくるのよ。一時は私も危なかったんだけど、さすがに警察が犯人を捕まえてくれた」

「今、犯人はどうしているんですか？」

「まだ刑務所の中にいる」

師匠は畳いわしをバリバリと音を立てて齧った。

「社長が殺されてしまったから、闇金会社は解散して社員たちも散り散りになった。だけど顧客リストは私の家に隠してあったんで、信頼できるスタッフには名簿と資金を貸してあげることにしたの」

顧客リストは古くなって役に立たなくなったが、その流れで師匠はこれぞと見込んだ人物に資金を貸して、個人間金融をさせるようになった。そこまでの話を聞いて、師匠がどうして私みたいな人間をパートナーにしたのか、少し理解できたような気がした。

「師匠は、結婚しようと思わなかったんですか？」

「殺された社長とは長かったから、籍こそ入っていなかったけども結婚しているようなものだったからね。だけど子供は作っておけばよかったと思う。もしも子供を産んでいたら、あなたと同い年ぐらいだったかもね」

私はビールを一口飲んだが、なぜか妙に苦く感じた。

「師匠にはご兄弟はいないんですか？」

「いないわよ。田舎に行けば親戚がいるだろうけど、もう連絡先もわからない」

「じゃあ、師匠の莫大な財産は誰が相続するんですか」

「そうなのよ。金儲けが好きだからどんどん金は貯まっていくけど、銀行にも預けていないあの現金は、私が死んだら一体どうなっちゃうんだろうね」

税務署にマークされないように、師匠が儲けたお金もやはりほとんどが現金のままらしい。それをどこに隠しているかは、さすがに酔っても口にしなかった。

「いっそ沼尻、私の養子になる？」

「え、マジですか」

目の前が一八〇度ひっくり返ったような気がした。お金がなくてさんざん苦労してきたけれど、もしも師匠の養子になったら莫大な財産が入ってくる。そうなれば全ての問題が一気に解決してしまう。

「もちろん冗談よ」

私が大きくこけると師匠は楽しそうに声を上げて笑った。しかしその表情を見ていると、まんざらでもないように見えた。
《友達の瞳から、ここは安い金利で借りられると聞いたんですけど、私でも貸してもらえるでしょうか？　岬》
今朝は少し寝坊をしてしまい、目が覚めて携帯をチェックするとそんなメッセージが届いていた。安い金利が口コミで評判を呼んで、顧客の知り合いから問い合わせが入ることも少なくなかった。
《金利は一ヵ月で九％です。お友達の紹介でも、きちんと審査はさせてもらいます。それでもよければ、写真のついた身分証明書とあなたが一緒に写った写真をスマホで撮って送ってください》
すぐに黒髪の女の子の写真が送られてきた。
友人の瞳は髪を金色に染めたそれなりの美人だったが、岬はべったりとした黒髪で、眉毛が太く化粧っ気がまるでなかった。
《それでいくら借りたいのですか？》
《カードの支払いが苦しくて、とりあえず五〇〇〇〇円貸してもらえるとありがたいです。二五日にバイト代が入りますから、その時に利子と一緒に返します》
岬はアルバイトをしているらしいが、専門学生なので大した収入はないだろう。
《クレジットカード以外に、他にローンとかの借金はありませんか？》
新規の顧客が増えるのはありがたいが、そろそろ数が増えすぎて対応ができなくなっていた。

《ありません。まだ学生だから消費者金融などからはお金を借りられないんです》

友達の紹介もあることだし、五〇〇〇円ぐらいならばいいだろう。

《お貸しするのは五〇〇〇円から利子分の四五〇円を引いた四五五〇円、さらにATMの手数料を引いた金額となります。それでも二五日には五〇〇〇円を返済してもらいますが、よろしいですか》

《それでいいので貸してください》

岬は決して美人とはいえないが、どことなく愛嬌を感じさせる。万が一借金が返せなくなってしまっても、友達の瞳と一緒に、風俗で働いてもらえばいいだけだ。

冷たい水で顔を洗うとやっと目が覚めた。今朝は特に冷え込みが厳しく、震えながらキッチンに行きポットのお湯を温める。

《御手洗《みたらい》さん。今月の支払いが入金されていません。これを見たら必ず連絡をください》

御手洗との付き合いは長く、今は三万円を貸し付けていた。毎月利子分の二七〇〇円しか返済しておらず、最近はそれすらも遅れ気味だった。それというのも御手洗は現在失業中で、ここ数ヵ月間は何かの臨時収入で凌いでいた。

《すいません。また今月も利子分だけでいいですか》

安定した収入を得るために、就職活動を頑張っているとは聞いていたが、まだ再就職先は決まっていないようだった。

《了解しました。私も昔は借金に苦しみましたので、御手洗さんの苦労はよくわかります。

元金の返済は余裕ができた時で大丈夫ですよ》
真面目に利子分は払ってくれるので、無理に催促はしなかった。
キッチンからお湯が沸いた音が聞こえてきた。そのお湯でインスタントのコーヒーを淹《い》れ、カップを片手にリビングに戻ってくると御手洗からの返信が着信していた。
《いつもすいません。それで利子の方ですが、また自宅に取りに来てもらってもいいですか？》
家が私の自宅から歩いて行けるところにあり、また銀行の手数料を払わせるのも可哀想なので、特別に御手洗の自宅まで受け取りに行っていた。
《それでは今度ご自宅に伺った時に、利子分だけ頂戴します》

《今月の返済分を入金しました。だけど明日また子供を病院に連れていかなければならないので、追加で一万円ほど貸してもらえないでしょうか？》
新しい派遣の仕事が決まったので、穂花は少しずつ元金を返済していた。しかし子供の病院代や予期せぬ出費が重なることもあり、借入金は減るどころか増える一方だった。
腕の時計に目をやると、ちょうど正午を指していた。私はコンビニに入り、おにぎりとコーヒー牛乳を持ってレジに並んだ。
《大丈夫ですよ。ところでもうすぐクリスマスですね。小さい時にもらったプレゼントの思い出は一生残りますよね。穂花さんは今まで真面目に返済されてきたので、今月は特別にもう少しお貸ししてもいいですよ》

自分の出費は抑えても子供に惨めな思いはさせたくない。そんなシングルママの親心が、最近では手に取るようにわかるようになった。
今日は小春日和で暖かかった。
コンビニの隣に公園があり、そこで今買ったおにぎりを食べようと思っていたが、同じことを考えた人は多く、公園のベンチはほぼ満席だった。
《それじゃあ、あと三万円ほど貸してもらえますか？》
この三万円で穂花の借金は五〇万円を超える。
《明日、口座に振り込んでおきますね。だけどこのままだと借金は膨らむばかりですよね。昼間の仕事の他にも、副業をやられた方がいいのではないですか？》
そろそろ穂花に風俗の仕事を紹介してもいいだろう。
《そうは思っているのですが、子供もいるので副業なんかできないと思います》
一つだけ空いていた公衆トイレ近くのベンチに腰を下ろし、コンビニの袋からおにぎりを取り出して頬張った。そしてコーヒー牛乳を飲みながら、穂花へのメッセージを入力する。
《もしも穂花さんがその気ならば、短時間で効率的に稼げる仕事を紹介してもいいですよ。土日の好きな時間にだけ働くことも可能です》
まずは条件面を提示する。いきなり風俗だなんて言えば、そこで話が終わってしまう。
《そんな好条件の仕事があるんですか？》
すぐに穂花からのメッセージが着信する。
《一日で五万円は稼げます。穂花さんだったら一〇万円ぐらいいけるかもしれません》

高級店の人気デリヘル嬢ならば、その金額は夢ではない。
そういう意味では美人は恵まれていると思った。中年男が一日五万円稼ごうとすれば、法律に触れるような闇バイトをするしかないだろう。
《それはどんな仕事ですか？》
《それだけの高給が得られるので、誰でもやれるという仕事ではありません。限られた女性しか採用されませんが、穂花さんだったら大丈夫だと思います》
釣りで言うのならば、針に掛かった獲物をたも網に入れる瞬間だ。針で自由を奪われた魚が、抵抗できないと思って油断してはいけない。最後の最後に魚が暴れて、せっかくの獲物を逃がしてしまうことはよくあった。
《それって風俗の仕事ですか？》

五

《デリヘルの面接、受けさせてください。そういう仕事に前から興味がありましたし、とにかくお金がなくて困っていました。土日や空いた時間にできるだなんて、時間がない私には願ったり叶ったりです。お客さんはどんな人が多いんですか？》
クリスマスイブを過ぎて半額になってしまったケーキを横目に、スーパーで夕食の材料をエコバッグに入れていると、携帯にそんなメッセージが着信した。穂花からの返事はこなかったが、専門学生の岬は二つ返事でデリヘルの面接を受けることを承諾した。
エコバッグを左肩に下げてスーパーを出ると外は既に真っ暗だった。私は右手でメッセージを打ちながら家路を急いだ。
《若い人も来ないことはありませんが、基本的には中年のおじさんが多いです。まずは一日働いてみて、次の日も続けるかを決める一日入店制度というのもあります》
一日入店の時に紳士的で優しいお客を付けて仕事に慣れさせるなど、女の子を定着させるために店側も色々な工夫をしていた。
《暴力を振るわれたり、危険な目に遭ったりはしないんですか？》
《ドライバーが近くに待機していることもありますから、何かあったらすぐに携帯でスタッフを呼び出してください。トラブルのあったお客さんは出禁になるので、二度と会うことはありません》
派遣型風俗のデリヘルは店舗型に比べて危険は多い。しかし高級店か大衆店か、はたまた激安店なのかでその危険度は変わってくる。つまりどんな客層が来るお店なのかがポイントで、高級店の客は経済的にも精神的にも余裕があるので、危険な目に遭う確率は低かった。
《高級店に採用になれば、会ったこともないようなお金持ちのお客さんが来たり、スポーツ選手や芸能人がお忍びで遊びに来たりもします。普段では絶対に会えないような有名人と会えるかもしれませんよ》
超高級店では実際にそういう客も来るらしい。スキャンダルを考えれば、下手に素人と遊ぶよりも秘密厳守のそういう店の方が信用できる。

《ちなみに岬さんは、リボ払いで今どのぐらいのローンがあるのですか？》

リボ払いでも毎月遅延なく返済していれば、与信が上がって利用枠が増える。しかし利用枠が増えたからと言って、それが返済できるかどうかは別の話だ。

《利用枠が増えてつい新しい買い物をしてしまい、三〇万円ぐらいになってしまいました》

私も若い頃は何の疑問も感じずにリボ払いを利用していたので、二〇歳にもなっていない岬がその危険性に気付かないのも無理はない。デリヘルの面接に受かったら、その三〇万円をこっちで肩代わりすることも考えていた。

《ところで岬さんは、タトゥーを入れてたりしますか？》

そのためにも岬を面接で合格させなければならなかった。リボ払いの罠に引っ掛かってしまうように、岬は素直というか騙されやすい。面接でも単純なミスで落とされてしまうような気がしてならない。

《タトゥーは入れていません。だけど男の人とそういうことをした経験が一度もないんですけど、大丈夫でしょうか？》

それを読んだ瞬間、驚きのあまり足が止まった。

これは岬が処女だという意味なのか、それとも下手な嘘をついているのだろうか。

《面接の時に正直にそう伝えてください。そういう方は希少価値がありますから、面接で不利になることはないはずです。こういう仕事は初々しさが受けますし、そういうことならばプレイが下手でも許される理由になりますから》

風俗で働くからといって男性経験が豊富だとは限らない。むしろ興味がある割にはあまりよくわかっていないので、かえって抵抗なく始められるケースも少なくなかった。

《わかりました。面接頑張ります。あと他に何を注意すればいいですか？》

そんな岬の前向きなところはいいなと思う。仕事に対して後ろ向きだと、どんなに美人でも人気は出ない。

《デリヘルは効率よく稼げるので、やりたがる人はたくさんいます。だから面接で落とされてしまうこともよくあります。当日は清潔感のあるメイクと身だしなみで臨んでください。できればパンツよりもスカートの方が受かりやすいです。間違ってもジャージやスエットで行くのはやめてください。ジーンズも避けた方がいいです。普通の仕事の面接だと思って、面接官の質問には前向きにはきはきと答えてください》

《わかりました》

笑った顔のスタンプと一緒に、そんなメッセージが返ってきた。妙な愛嬌がある子ではあるけれども、何かが抜けているようで心配になる。他に何かアドバイスすべきことがあるだろうか。

《それからこれが一番大事なことかもしれませんが、面接の時間には絶対に遅刻をしないでください》

「利子分の二七〇〇〇円、確かにいただきました。これ領収書です」

御手洗のアパートを訪ねて現金を受け取り、用意しておいた領収書をテーブルの上に置いた。年が明けて今年が令和何年だったか急にわからなくなったので、日付は西暦にしておいた。

「すいませんね。毎回アパートまで来てもらっちゃって。お茶うけもありませんが、まあよかったらみかんでも食べてください」

御手洗はペットボトルから注いだ緑茶と、みかんを一つテーブルに置いて、薄くなった頭を下げる。

「いいんですよ。それより再就職の方はどうですか」

「まともな仕事は難しいですね。こんな歳じゃあ面接どころか書類すら通りません」

御手洗は今年で四〇歳だったが、実年齢以上に老けて見える。

「厳しいですね。御手洗さんは、以前はなんの仕事をされていたんですか」

過去の仕事のスキルを再就職に生かせたりはしないのだろうか。

「長距離トラックの運転手です。当時は人手不足だったので、結構いい金をもらっていたんですけどね」

「どうしてそんないい仕事を辞めちゃったんですか」

緑茶を啜りながらそう訊ねた。

「辞めたんじゃなくて、首ですよ」

指で首を切る仕草をしながら、御手洗は寂しそうに笑った。

「どうしてですか」

「その会社はただでさえブラック企業だったのに、人手不足で拍車がかかって残業の嵐だったんですよ。だけど残業代はきちんと出たので私も無理をしてしまって、そして睡眠不足から人身事故を起こしてしまったんです」

「それを理由に首ですか。御手洗さんだけが悪いわけじゃないのに」

「まあしょうがないですよ。結構な大事故で私自身も腰を複雑骨折してしまって、今でも後遺症で長時間座っていることができません。そうなると長距離トラックの運転は無理ですからね」

御手洗は腰に手を当てて顔を歪ませる。

「怪我自体は治ったけど腰が痛くて、他の力仕事もできなくなってね。そんな時に女房に愛想を尽かされて子供を置いて出ていかれてしまった。今までは家で飯を作ったこともなかったし、掃除や洗濯にも時間を取られるし、何より家に小さい子がいたんじゃ、その子を置いて仕事を探しに行くわけにはいかないですから」

部屋の中を見回すとピンクの小さな服が無造作に吊るされ、女の子向けのおもちゃやぬいぐるみが放置されていた。

「娘さんはおいくつなんですか？」

「五歳です」

「そんな小さい子を育てながらの就職活動ですか。それは本当に大変ですね」

思わず御手洗に同情してしまう。交通事故の後遺症、慣れない家事、そしてうまくいかない就職活動。しかも小さい子を抱えたままとなると、働ける仕事は限られる。その悩みはシングルママに限ったことではなく、シングルパパも同じなのだ。やはり子供は夫婦二人で育てないと、負担が重すぎて押し潰されてしまう。

「じゃあこの利子を返すだけでも、大変なんじゃないんですか？」

テーブルに置いた封筒に目を落とした。

「でもおたくは利子が安いですから。お金が入った時は申し訳ないんですけど、利子の高い他の返済を優先しているんです」

利子分だけとはいえ御手洗は毎月お金が払えていた。デリバリーのピザの箱、食べかけのお菓子、ビールの空き缶、そして吸殻でいっぱいになった灰皿などを目にすると、明日食べるものがないというほど生活が困窮しているようには見えなかった。

「じゃあ、今でもそれなりに仕事はやっているわけですね」

「一切の選り好みをしなければ、今の日本で全く金が稼げないということはありませんね。人間その気になれば何でもできますから、今のところはまだ何とかなってます」

「どんなお仕事をしているんですか？」

「日払いの仕事ですよ。あまり詳しいことは言いたくはありませんが……」

御手洗の顔が暗すぎて、もうそれ以上その話題を続けることはできなかった。

「ところで今、娘さんはどこに行っているんですか」

御手洗の娘を見たくなった。彩奈もそうだったが、五歳ぐらいの子供は天使のような可愛さがあった。

「保育園です。もうすぐお迎えの時間なんですよ」

《仕事の条件はよくわかりました。しかしまだ、風俗で働く決心がつきません》
公園のベンチでサンドイッチを頬張っていると、穂花からのメッセージが届いた。
晴れてはいたけれども風がとても冷たくて、公園内の人影はまばらだった。コンビニで買ったホットの缶コーヒーで手を温めて携帯電話を操作する。
《もちろん無理にとは言いません。私としては穂花さんが借金を返してくれればいいので、ほかの返済方法があればそうしてください》
もこもこのダウンに身を包んだママが、滑り台で遊ぶ三歳ぐらいの女の子を震えながら見守っていた。
《今月は節約して、きちんとお支払いするつもりです》
穂花はここ数ヵ月、元金どころか利子分すら満足に払うことができていない。
《元金が五〇万円を超えていますから、今月は利子だけでも五万円近くになりますよ》
派遣の仕事だけでは五〇万円を返すのは至難の業だ。しかし風俗で働けば、一ヵ月ぐらいで返済できてしまう。そろそろ背中を押してやる時だった。
《ひょっとして穂花さんは、風俗の仕事をいかがわしいものとして差別していませんか》
《差別しているつもりはないですけれど》
そうは言っても穂花が風俗ワーカーを見下しているのは明らかだった。
《風俗と言ってもだいぶイメージが変わってきていて、一流大学の女子大生や丸の内ＯＬみたいな女の子たちが楽しそうに働いているんですよ》
ヤクザな男たちが脅して働かせているイメージは、もはや昭和のものだった。

《最近の若い子は風俗業界で働きたがる子もたくさんいて、面接で受かるのも簡単じゃないんです。だけど穂花さんは美人でまだお若いから、こうやってお勧めしているんです。もしもやるならば早い方がいいです。毎週三回の勤務だけで、年間二〇〇〇万円も稼いだ女の子もいます》

何といっても収入面のインパクトは強烈だった。その金額を耳にして、心が揺るがない人はいない。

《知り合いにバレる心配はありませんか？》

すぐにそんなメッセージが送られてきた。

《顔を出さなければ大丈夫です。風俗で身バレしてしまうのは、稼いだお金で生活がガラリと変わり、ブランド品や高級ジュエリーを見せびらかしたりするからです。または罪悪感から友人に喋ってしまい、そこから一気に噂が広まってしまうケースです。穂花さんみたいな堅実なシングルママは、そのどちらの心配もなさそうですから大丈夫です》

疑問の一つひとつに丁寧に回答し、不安を解消していく。

《穂花さん、将来のことを考えてみましょう。娘さんが成長すれば、中学、高校、大学というお金があっても足りませんよ。デリヘルで女子大生たちが働いているのも、決して贅沢をしたいからではありません。彼女たちは親に授業料を出してもらえないので、自分で稼ぐしかないんです》

それは決して嘘ではなかった。

奨学金を借りられても、それは返済しなければならない有利子の学生ローンだ。真面目で将来を冷静に考えられる子ほど、早くから風俗で働くことを決意した。穂花の娘が大学生になった時、その授業料を払うのは一体誰なのか。
《穂花さんは今は独身ですよね。結婚を約束した恋人とか、今付き合っている彼氏がいますか？　もし今いなければ、短期間で集中的に稼ぐのはありだと思いますよ》
離婚したシングルママは、誰かに操《みさお》を立てなければならないということはない。
《いつまでに決めればいいですか》
だいぶその気になってきたようだ。缶コーヒーを一口飲むと、寒さのあまり既にぬるくなっていた。
《まずは面接を受けてみて、採用が決定してから決めるのはどうでしょうか。採用されるのは一〇人に一人ぐらいの狭き門です。採用されないのにあれこれ悩んでもしょうがないですからね。それに面接の時、直接お店に不明点を聞いてもらえば、穂花さんも判断しやすいと思います》
人間というのは不思議なもので、面接を受けたり説明を聞いてしまうと惰性で断りにくくなってしまう。また百聞は一見に如かずで、スタッフと話すことで風俗のマイナスイメージが払拭《ふっしょく》され、納得して働いてくれることもあった。
《しかし無理にとは言いません。じっくり考えてみてください》
ここは敢えて急かさないのがポイントだった。
説得されたと思っているようでは駄目だった。あくまで本人が納得して、自分の意思で仕事がしたいと思わなければならない。

《穂花さんだけに言いますが、実は私もちょっと前までお店で働いていたんです。やる前は抵抗がありましたけども、やってみると色々な人と知り合えるのが楽しくて、長い人生で考えればいい経験だったと思っています。みんな黙っているだけで、こういう仕事をしている人は周りにも結構いるはずですよ》

すっかり冷たくなってしまった缶コーヒーを飲み干すと、穂花からのメッセージが着信した。

《わかりました。面接を受けさせてください》

六

「穂花はすぐに店のナンバーワンになったそうよ。やっぱり私の見立ては正しかったみたい。本人も楽しそうに働いているみたいだし、店長にいい子を紹介してくれてありがとうございますって感謝されたわ」

東京に珍しく雪が降り、ファミレスにやってきた師匠も今日は首に赤いマフラーを巻いていた。さすがに寒くてスカーフはやめたのかと思ったけれども、コートを脱ぐと手首にバーバリーのスカーフが巻かれていた。

「シングルママに風俗の仕事を紹介するのはいかがなものかと思う時もあったので、そんな話を聞くとホッとします」

《おかげさまで助かりました。借金も完済できましたし、何とお礼を言っていいかわかりません》

《お店のスタッフも優しそうな人ばかりで安心しました。早く借金が返せるように頑張ります！》

《思っていたよりも明るい職場でした。どうもありがとうございました》

穂花のほかにも感謝の言葉がたくさん届くようになり、私の考えも一八〇度変わった。

シングルママに風俗の仕事を紹介するのは、罪悪感を抱くようなことではなく、むしろ人助けなのだ。さらにそうすることで、こちらも安くない紹介料をもらうことができた。

「そんなことを気にしているのが、ほんと沼尻らしいわね。借金に苦しんでいる人たちにいい仕事を紹介しているんだから、もっと胸を張っていいのよ」

「そう考えてもいいんですかね」

オーダー用のタブレットをテーブルに置いた師匠は、「あまおう苺《いちご》とアボカドチーズクリームのサンデー」を選択して送信する。

「風俗だって立派な仕事の一つだからね。むしろ金貸しなんかよりも、よほど人のために役立っていると思うよ」

そんな師匠の言葉にはっとする。

風俗で働く人々を差別的に見ているのは、実は他ならぬ私自身なのかもしれない。

「それより驚いたのは岬よ。処女のデリヘル嬢っていうことで、評判になって一ヵ月先まで予約がいっぱいなんだってね」

岬は無事に面接に通り、新宿のデリヘル店で働き始めた。

「処女のデリヘル嬢だなんて、本当に客は信じているんですかね」

店は岬が処女であることをウリにして、それがネットで話題になった。

「デリヘルは本番禁止だから、処女が働いていても不思議はない。実際に今までもそういう子もいたからね」

その時、赤い苺がてんこ盛りになったデザートが運ばれてきた。師匠は早速あまおう苺を指で摘まんで口の中に放り込む。

「だけどそれって処女じゃゃなくなったら、人気もなくなるってことですかね」

岬はもうすぐ二〇歳だから、いつまでも処女でいるはずはない。

「そりゃそうでしょ」

岬のリボ払いの借金も肩代わりすることになったので、もう少し売れ続けてもらわなければならなかった。

「どんどん新しい子が入ってくるから、どんな人気の女の子でもずっとナンバーワンであり続けるのは難しいの。何といっても、若さと初々しさが一番の武器だから。もっとも岬っていう女の子が、ずっと処女だって言い張れば別なんだろうけど」

穂花や岬の人生はこれからどうなるのだろう。彼女たちは私の借金を返済した後も、ずっとプロの風俗嬢としてやっていくのだろうか。

「穂花や岬が前向きに働いていることがわかったんだから、あんたの罪悪感もこれでなくなったでしょ」
「そうですね。これからはもっと積極的に、シングルママたちにお金を貸すことにします」
《また三〇万円ほど貸してもらえますか？》
コーヒーチェーン店でカフェラテを飲んでいたら、人気デリヘル嬢になった岬からメッセージが届いた。結構なお金を稼いでいるはずなのに、岬は相変わらず私からお金を借りていた。
《岬さんならばお貸ししますが、今度は何に使うのですか？》
《今月は彰の誕生月なんで、何かとお金が必要なんです》
岬は新宿のホストに嵌ってしまった。
きちんと返済してくれるので、貸せる上限金額は上がっていったが、こうなってしまうと風俗の仕事を紹介したのが良かったのかどうか、岬の人生を捻じ曲げるきっかけを作ってしまったようで心が痛んだ。
昼下がりのコーヒー店にはボサノバ調の心地好いBGMが流れていて、隣の席では中年サラリーマンが文庫本を片手に舟を漕いでいた。
《桃田さん。先週の金曜日が返済日でしたが、入金が確認できませんでした。今月の返済分一〇万円を至急振り込んでください。それともまたお母さまに電話をしてもいいですか？》
ＳＮＳ広告でシングルママ向けの融資を増やして以来、忙しくて客への連絡が滞りがちになっていた。

《あなたから電話をしてくれるならいいですよ》
本人から回収できなくなった場合、家族や親戚から回収することもある。桃田にお金を貸す時に、保険として富山の実家の住所と電話番号を聞き出してあった。
《わかりました。明日にでもご実家に電話をさせていただきます》
いつの間にか、田舎の母親に電話をするのも私の役割になっていた。
今まで何回か電話で返済のお願いをしてきたけれども、そのたびに母親は酷く恐縮してすぐに入金してくれた。
《お願いします。それで借金が返済できたら、今度はいくらまで借りられますか？》
一体この親子の関係はどうなっているのか。個人的には儲かるからありがたい話だったが、これなら桃田が直接母親からお金を借りればいいのにと思ってしまう。
晴れ着姿の女の子が入ってきて奥の席に腰掛けた。自分の成人式からもう何年経ったのかと、ちょっと感傷的な気分になった。
《宮口さん。また入金が遅れています。これ以上遅れると、また恋人に電話をすることになりますけどよろしいですか》
居留守を使われて困っていた宮口だったが、彼の借金はキャバ嬢の恋人の恵《めぐみ》から回収することができた。
《宮口さん。本当にカノジョに連絡しますよ》
しかし桃田同様に、恋人が返済したとわかった途端、またすぐに融資をお願いされた。
《宮口さん。相変わらず連絡が取れないので、カノジョの携帯に電話をします。よろしく言

っておいてください》

最後通牒のようなメッセージを送っても、宮口からは何のリアクションもない。前回は宮口から恋人に連絡を入れてもらった後に私が電話をしたけれども、連絡がつかないのならばしょうがない。

携帯の履歴から恵の番号をリダイヤルする。恵とは既に三回電話で話したことがあった。

「もしもし、個人間金融の田沼と申しますが」

『もしもし』

聞き慣れない暗い女性の声がしたので、一瞬番号を間違えたのかと不安になる。しかし携帯のディスプレイを見ると、確かに宮口の恋人である恵の電話番号だった。

「また宮口さんの返済が滞っているのですが、最近宮口さんとお会いになりましたか？」

今、宮口に貸しているお金は二〇万円だった。恵に全額返済をお願いするか、それとも利子だけ払ってもらおうか。

『……知らないんですか？』

「何をですか」

呆れたような声がした。

『宮口は死にました。借金を苦に自殺しました』

「パパはいません」

木造二階建ての御手洗のアパートを訪れると、五歳ぐらいの女の子が出てきてそう言った。

御手洗に娘がいることは聞いていたけれども、その顔を見るのは初めてだった。大きな瞳の利発そうな女の子で、御手洗の面影は全く見られなかった。

「パパはどこに行ったのかな」

ここ数日御手洗と連絡がつかず、いつもの通り利子分だけでも払ってもらおうと訪ねてみたのだが無駄足だったようだ。

「知らない。お客さんとどこかに行って帰ってこない」

携帯で御手洗の番号に電話を掛けた。

『おかけになった電話はお客様のご都合によりお繋ぎできません』

すぐにそんなメッセージが聞こえてきた。

携帯を紛失して電話を止めている時は『お客様のお申し出により』となり、着信拒否の場合は『お客様のご希望により』となる。『お客様のご都合』とガイダンスされる場合は、携帯料金を滞納して電話が止められているということだった。

「お金はありません」

女の子がいきなりそう言ったので、思わず笑ってしまった。

「大丈夫だよ。お嬢ちゃんのお小遣いを取り上げたりはしないからね」

にっこり笑ってそう言ったけれども、女の子はニコリともしなかった。

「お嬢ちゃん、お名前は何て言うの？」

「花」

俯きながらそう答えた。

「花ちゃん。いい子だねー」

頭を撫でてあげると、ゴワゴワした硬い髪の毛の感触が手に伝わった。

「ねえ花ちゃん。パパと一緒に出掛けていったお客さんは男の人だった？　それとも女の人？」

「男の人」

御手洗が他からも借りていることは、以前会った時に聞いていた。男の客というのはきっと別の金融屋だろう。

「どのぐらい前に、パパはお客さんと出ていったのかな？」

腕の時計を見ると夜の七時を回っていた。ここは出直して明日もう一度訪ねるか、それとももう少しだけ待ってみようか。

「四日前」

「え、四日も前からパパは帰ってきてないの？」

花は小さく頷いた。

「お腹減った」

花が俯きながらポソリと呟く。

「何も食べてないの？」

瞳を潤ませて花が大きく頷いた。

「じゃあ、ご飯を作ってあげようか」

そう言うと花は大きく首を縦に振って初めて笑顔を見せたので、前歯が二本も抜けているのが目に入る。

以前この部屋に来た時は食べかけのお菓子などが散らかっていたけれど、今日は何も見当たらなかった。冷蔵庫の中は空っぽで、野菜くずさえない。シンクの下に米櫃《こめびつ》はあったけれども何も入っていなかった。戸棚の奥には賞味期限切れの缶詰めがあったが、花には手が届かなかっただろう。

ゴミ箱にカップ麺の容器やカレーのルーの空き箱が捨てられていた。花はまだ幼く、一人ではお湯を沸かせないだろう。どうやってそれらを食べたのだろうか。

「花ちゃん。昨日まで何を食べてたの？」

「マヨネーズ」

ゴミ箱の中に空になったマヨネーズのチューブが捨てられていた。

《神田法律事務所で弁護士をやっている宮本壮一と申します。あなたが個人間金融で貸し付けている遠山美奈代さんの債権は、明らかな利息制限法違反なので法的に認められません。従って民法七〇八条の規定によって、元金も含めて返済する必要がないものとみなします。また私どもは貸金業法二一条一項の規定により、あなたを刑事告訴することを検討しております。無登録で貸金業を営んだ場合の刑事責任は極めて重く、一〇年以下の懲役または三〇〇万円以下の罰金となりますので、今すぐ自首することをお勧めします》
師匠との打ち合わせのために最寄り駅に向かう途中、携帯にメッセージが着信した。その文面を見た瞬間、心臓が止まりそうなぐらい驚いた。

グレーなビジネスなので、利子はもちろん元金も法律上は戻ってこないことは知っていた。しかし弁護士から連絡が来て、刑事告訴をすると言われるとは予想もしていなかった。
スマホで検索すると、「神田法律事務所」の立派なホームページが見つかった。
《闇金、ソフト闇金からの取り立てに迅速に対応します》
《悪質業者への返済は必要ありません！》
《一度も支払いをしたことのない闇金でも対応できます》
《ご相談は無料です。お気軽にお問い合わせください》
嫌な汗が背中を流れ、不安で胸が押し潰されそうになった。
その事務所は闇金の被害者救済が売りのようで、ホームページにはそんな文言がいくつも躍っていた。そして事務所の代表として、宮本壮一という年配の弁護士の写真も掲載されている。のっぺりとした顔に三白眼を光らせていて、いかにも陰険そうな顔をしていた。私は蛇に睨まれた蛙のような気持ちになり、すぐに師匠に電話を掛けて救いを求めた。
「師匠、大変です！　牢屋に入れられてしまうかもしれません。どうしたらいいですか」
『まずはそのメッセージを私に転送して』
「わかりました。あとは何をすればいいですか。すぐに飛ばしの携帯は処分した方がいいですよね」
『証拠隠滅という意味では捨てた方がいいけれど、そんなことをしたら他の客との連絡が取れなくなっちゃうんじゃないの』
確かに師匠の言う通りだった。この携帯で連絡中の債権を全部放棄したら、私は破産してしまう。

「師匠。新しい携帯を売ってください。その新しい番号に今の客を移し替えます」

他の飛ばし携帯を手に入れて、顧客に電話番号が変わったことを伝えなければならない。それまで警察が動かないでいてくれればいいのだけれど。

『わかった。早速手配をするけれど、それまでは自宅にいる時は携帯の電源はオフにしておいた方がいいかも』

「どうしてですか」

『万が一警察が動いたら、位置情報を調べられてしまうから。そうすると、ずっと携帯があるところが自宅だと特定されてしまう』

飛ばしの携帯をじっと見つめた。

この携帯を持っていることが今や最大のリスクだった。今にも位置情報を辿って、警察がやってきそうで怖かった。

「わかりました。やり取りをしたデータも、今すぐ削除した方がいいですか」

心臓の鼓動が高鳴ったままだった。じっとしていられず思わず走り出したくなるが、どこに向かって走ればいいのかわからない。

『携帯端末のデータを消しても、サーバーに残っているから無駄よ。ところであんた、自分の個人情報がバレるようなへまはしてないでしょうね』

もちろん美奈代とのやり取りは、全て「大沼」という偽名で行っていた。しかし何かの拍子に、身元がわかるようなメッセージを送っていたりはしないだろうか。歩きながら美奈代とのやり取りの履歴を遡っていたら、強面の男とぶつかりそうになってしまった。

「大丈夫です。美奈代とは電話とSNSでのやり取りだけで実際に会っていませんし、個人情報を仄めかすようなこともしていません」

強面の男に何度も頭を下げながら、私は師匠にそう報告する。

『じゃあとりあえずは安心ね。もしも飛ばし携帯が調べられても、あんたの個人情報に紐づくことはないからね』

飛ばし携帯は、私が知らない誰かが契約したものだった。

「だけどこの弁護士が、本当に警察に通報したらどうなるんですか。やっぱり逮捕される前に自首をした方が、罪が軽くなったりするんですか」

弁護士から送られてきたメッセージの文面を思い出すと、泣きたい気分になってしまう。

『自首だなんてバカなこと言わないでよ』

「だけど警察に本気で捜査されたらまずいですよね」

『まあ落ち着きなさいって。そこの法律事務所だけでも、一日何件もの相談が寄せられているはず。それなのに忙しい警察が、この程度の案件で本気で捜査するとは思えない。あんた美奈代を脅迫したり、えげつない取り立てをしたわけではないんでしょ？』

「もちろんです」

『だったら美奈代は何の被害も受けてはいないから、弁護士だって警察に通報しようがないじゃないの』

確かにそう言われると、むしろ被害者は自分のような気がしてくる。

『もっとも、警察が貸金業法違反で本気でソフト闇金を取り締まろうとしているならば別だけど』

その可能性が全くないとは思えなかった。最近テレビやネットのニュースで、ソフト闇金の問題が取り上げられるようになってきていた。

「師匠。私は何をしたらいいでしょうか？」

『どうせこの後打ち合わせだから、そこで対策を考えましょう』

駅に向かって足を忙しく動かした。何度も後ろを振り返り、誰にも付けられていないことを確認する。

「そんなことで大丈夫ですか？　もう東京から離れて、どこか地方に身を隠そうと思うのですが」

『そんなこと物理的に不可能でしょ。ホテル住まいなんかしたら金もかかるし。警察が動いたとしても、携帯が見つからなかったら金を貸したのがあんただっていう証拠はないわけだから』

その時、前から自転車に乗ったお巡りさんがやってきた。まさか私を逮捕するのではないだろうか。街のお巡りさんがそんなことをするとは思えなかったが、心の中で祈りながら目を伏せてすれ違う。

お巡りさんが乗った自転車が横を通り過ぎた瞬間に、飛ばし携帯の着信音が鳴り始めた。

『もしもし、大沼さんの携帯ですね』

聞き覚えのない男性の声が聞こえてきた。

「違います。あなた、誰ですか？」

『足立署生活安全課の小森と言います。この電話は大沼さんのものですね？』

「違います。私は大沼ではありません」

心臓の鼓動が高鳴った。

『名前は違うかもしれませんが、遠山美奈代さんに、法定外金利でお金を貸したのはあなたですよね』

慌てて後ろを振り返ると、自転車に乗っていたお巡りさんが、怪訝な表情で私を見ていた。

『あなたを貸金業法違反で捜査中です。また今後遠山美奈代さんの家に押しかけたり、しつこく電話をしたりすると脅迫罪も加わります。ちなみに警察では、この携帯の位置情報の履歴を既に把握しています』

七

「神田法律事務所に電話をしてみたのよ」

ココマークのスカーフを巻いた師匠が開口一番にそう言ったので、驚きのあまりコーヒーを吹き出してしまった。

「なんでそんなことをするんですか。警察は私の位置情報の履歴を把握していると言ってるんですよ」

「警察から電話が掛かってきたと聞いて、いよいよ変だなって思ったの。弁護士から連絡があるのはまだわかるけど、警察が沼尻にわざわざ電話を掛けてくるはずがないからね」

昼下がりのファミレスは、子供を連れた若い母親たちと老人の団体で賑わっていた。みんな自分たちの話に熱中していて、私たち二人を気にする客はいなかった。

「だけど実際に携帯に電話が掛かってきたんですよ」私は携帯の履歴を師匠に見せる。「位置情報を把握しているってことは、自宅の住所もばれているかもしれません」

もう家に戻るのが怖くなり、これからはカプセルホテルを泊まり歩くか、地方に逃げるしかないと思っていた。

「少しは落ち着きなさいよ。あんたはすぐにパニックになるから騙されやすいのよ。この苺パフェとっても美味しいけど、あんたも一口食べてみる？」

師匠は平然とした顔で「苺とチョコのバレンタインパフェ」を味わっていた。

「結構です」

食欲なんかまるでなかった。

「弁護士が通報して警察が動いたとしても、そんなに早く警察が位置情報を入手できるはずはないのよ」

「どうしてですか」

「警察だって個人携帯の位置情報を通信会社に開示させるためには、きちんとした令状が必要なの。そもそも世の中には凶悪で派手な犯罪が山のようにあるから、あんたがやっているようなちんけな金のトラブルで、わざわざ令状を取ったりはしないのよ」

全国の警察の生活安全課が、ここ数年最も神経を尖らせているのは振り込め詐欺だった。何億円もの金を騙し取っている振り込め詐欺グループの検挙のためになら、飛ばし携帯の位置情報を血眼になって追うこともあるだろうが、たかが一〇万円程度の闇金の案件で警察が位置情報の取得に動くはずがないと師匠は言った。

「そもそも警察が事前に電話を掛けてくることがおかしいのよ。本当にあなたを逮捕したいのなら、いきなり自宅にやってきて、その場で身柄を確保するはずでしょ。そしてその場にあった携帯などの証拠品を押収するはず」

確かに師匠の言う通りだった。

「だけどどうして師匠は、宮本弁護士に電話を掛けてみようと思ったんですか」

「もしも本当にその弁護士が動いているなら、示談に持ち込もうと思ったのよ」

師匠はシャネルのサングラスを外して、大きな瞳で私を睨んだ。

「闇金から借金をして、後から怖気づいてすぐに弁護士に相談してしまう人は結構いるの。そして弁護士が間に入った場合でも、利子はチャラにするけれども元金はある程度返金させるケースもある」

経験豊富な師匠は本当に色んなことを知っていた。

「それで宮本弁護士と話はできたんですか」

師匠は苺パフェをじっくり味わうと、幸せそうな笑顔を見せた。

「残念ながら本人とは話せなかったんだけど、電話に出た秘書みたいな女性に、遠山さんの件でご相談したいって訊いてみたのよ」

「それで、相手は何て答えたんですか」

「どちらの遠山さんですか？　って」

師匠は口角を上げて白い歯を見せた。

「まさか……」

「遠山美奈代さんの個人間金融の件で相談をしたいとまで言ったんだけど、それでも何のことだかわからなかった」

「宮本弁護士は名前を使われているだけで、美奈代は弁護の依頼はしていないってことですか」

思わず大きな声を出してしまった。

「その通り。美奈代は弁護士事務所に電話もしていなかったの。宮本弁護士をはじめその事務所の他の弁護士の案件も調べてもらったんだけど、やっぱり遠山美奈代の依頼を受けた弁護士はいなかった」

狐につままれたような気分だった。

「弁護士って働いた時間に応じて費用が発生してしまうから、たかが一〇万円のために弁護士を頼むのは割に合わないはずなのよ」

師匠は弁護士のこともよく知っていた。裁判所とか弁護士とか、法律に疎い私はそんな言葉を聞いただけで、すぐに両手を挙げて降参状態になってしまう。しかし弁護士には弁護士の事情があって、費用対効果に見合わないものは後回しにするらしい。

それを知ってちょっと気分が楽になる。弁護士に間に入られたら、もうどうしようもないと思っていたので、仕事に限らずこれからは毅然とした態度で対応しようと心に決めた。

「本当に、この世界は狐と狸の化かし合いですね。だけどそうなると、美奈代は最初から踏み倒すつもりで私にお金を借りたんですかね」

「それは私にはわからない」

「声の感じでは、気が弱そうで真面目なタイプだと思ったんですけど」

電話口で囁くように話す美奈代の声を思い出していた。

「まあ、声だけじゃわからないからね。だけど手の込んだメッセージや偽の警察を騙って電話を掛けてくるぐらいだから、素人が思いつくようなことではないね」

「全く酷い話ですね」

不安が解消されるにつれて、ふつふつと怒りがこみ上げてくる。

「相手も考えたんだろうね。借りパクをしてしまえば、免許証をネットに晒される。だけど弁護士がバックにいて、警察に位置情報を握られたと思わせれば復讐される恐れはない。実際あんたはもう少しで携帯を始末しようとしたからね」

あの電話以降、貸した一〇万円のことなどすっかり忘れていた。

「追う方よりも追われる方が弱いのよ。返済が遅れている客を私たちが追い込むように、弁護士や警察に狙われていると思ったら、冷静な判断ができなくなってしまうから」

ほっとしたせいか急に疲れを感じてしまい、ソファーの背もたれに体を預けて深く長いため息を吐いた。

「しかし私に電話してきた警察の人は、一体誰だったんですかね」

「その人は男性だった、それとも女性？」

警察だと言われた瞬間は頭が真っ白になってしまったが、あの時の声は今でも鮮明に覚えていた。

「男性でした」

師匠はパフェを食べる手を止めて、小首を傾げて考える。

「そうなると、敵は同業者かもしれないね」


「パパはまだ帰ってません」

その後も花のことが気になって三日連続でアパートを訪ねたが、御手洗は一度も家に戻っていなかった。

「パパ、どこに行っちゃったんだろうね」

健気に耐える花を不憫に思った。警察に捜索願は出したけれども、探してくれているとは思えなかった。

「花、パパに会いたい」

花の目から大粒の涙がポロポロと零れ落ちる。

窓ガラスにみぞれ混じりの雨が当たる音がしていた。今夜はとても冷えて明日の朝には雪に変わるかもしれないと、茶の間のテレビの中で気象予報士が伝えていた。

こんな小さな子を、いつまでもアパートに一人で置いておくわけにはいかない。花が通っている保育園に相談すると、一八九番に電話をすれば虐待やネグレクトに遭っている子供を保護してくれることがわかった。

「花ちゃん。明日からは違うお家で暮らすことになるからね」

このまま御手洗が帰ってこなければ、花は児童養護施設に送られることになるだろう。

「やだ。花、ここでパパが帰ってくるのを待ってる」

そんなことを言われると、可哀想で施設に送ることが躊躇われる。しかし一緒に暮らすわけにもいかないし、ここは心を鬼にしなければならなかった。

「パパが帰ってきたら、またここで一緒に住めるよ。それまでの間そこに行くだけだから。新しいお家には花ちゃんと同じぐらいの年のお友達もいっぱいいるから大丈夫だよ」

小さな花の肩を擦りながらそう言った。

「本当に？　そこに行ったら、花、虐《いじ》められたりしない？」

「そんなことないよ。ゲームも漫画もあるし、おやつもちゃんと出るらしいよ」

「おやつも出るの？」

保育園の先生からそんな話を聞いていたので、私は大きく頷いた。

「でもやっぱり、花、お家でパパが帰ってくるの待ってる」

思わず言葉に詰まってしまう。

「そうだ。ママはどうしたの。ねえ、花のママはどうして帰ってこないの？」

「さあ、ママには会ったことがないからどこにいるか知らないけれど、パパは花ちゃんになんて言ってたの？」

「ママはパパが嫌いになったからお家を出ていったって。だからパパがいなくなったら、ママはこのお家に帰ってくるんじゃないの？」

窓ガラスに当たる雨と風の音が一層大きく聞こえてくる。

「実はね、昨日パパから連絡があってね、帰るまでもうちょっと時間がかかるから、花ちゃんに違うお家で待っているように伝えてくれって頼まれたんだ」

「本当に？」

「本当だよ」

口ではそう言ったものの、まっすぐな花の視線が痛かった。

「わかった。じゃあ花、新しいお家に行く。でもね、ホントはね、花はパパとママと三人で、このお家にいたいの」

思わず花を抱きしめて頭を撫でながら頬ずりをした。すると腕の中から何とも言えない異臭がするのに気がついた。

「花ちゃん、シャワー浴びよっか」

御手洗がいなくなってから花は風呂に入っていない。清潔にしておかないと児童相談所の人も困るだろう。

「花ちゃん洋服を脱いだらお風呂場に来てね」

ガスや水道が止められていたらと不安になったけれども、シャワーのハンドルを捻ると勢いよくお湯が出てきて湯気が立ち上る。シャンプーは見当たらなかったがボディソープはあったので、とりあえずこれで体全体を洗ってあげよう。

花の世話をしていると、どうしても彩奈のことを思い出す。

彩奈も花と似たような生活をしているのではないだろうか。きちんと栄養の取れた食事をしているのか。日中、親と離れ離れで、寂しい思いをしているのではないだろうか。

親の貧困は子供の不幸に直結してしまう。

御手洗と花を見ていると、子供にひもじい思いをさせないことは親の最低限の責任だと痛感する。しかし片親だけでは、仕事をしながら子供を育てるのは難しかった。多少問題があったとしても、子供のためには安易に離婚などするものじゃない。パパとママの二人が助け合いながら、子供に愛情を注いであげなければならないのだ。

「花ちゃん、洋服脱げた？」

その時お風呂場のドアが開いた。

「はーい」

ガリガリに痩《や》せた花が浴室に飛び込んできた。


児童相談所の職員に花を引き渡し、お別れの挨拶をした。

『パパに早く帰ってきてって言っといてね』

花は御手洗が帰ってくるまでの間だけ施設で過ごすつもりでいたようだが、御手洗も花ももう二度とこのアパートには戻ってこないと思った。

一年近く個人間金融をやっていたが、お金を貸した客が行方不明になってしまったのは初めての経験だった。そして客が自殺してしまったのも初めてだ。

宮口に貸し付けていた金額は二〇万円。今まで同じぐらいの金額まで膨れ上がると、水商売で働く恋人が代わりに返済してくれていた。今回も大丈夫だろうと思っていたので、自殺されてしまったのは商売的にも痛かった。

公園のベンチに座りながら、遊び回る子供たちをぼんやりと見ていた。朝には小雪が降るほどの寒さだったのに、半ズボン姿の男の子もいて驚かされる。

こんなところで時間を潰している暇はなかった。返済が滞っている客への連絡など、やらなくてはならない仕事が山積していた。しかし花と御手洗、そして宮口のことが引っ掛かりベンチから立ち上がる気になれない。

闇金の仕事は必要悪だと思っていた。

そこに需要があるのだから、誰かがやらなければならない仕事なのだ。最近はそれなりに社会の歯車になっている気もしていたけれども、行方不明者や自殺者を出してしまったとなるとどうなのだろう。岬のように、純朴な女性の人生を狂わせてしまうこともある。

このまま個人間金融の仕事を続けていいのだろうか。

しかし今の私に、他に仕事の当てがあるわけでもない。もしも借金を踏み倒して逃げたら、師匠はその筋の人間を使ってでも私を探し出すことだろう。

ふとテニス部時代のことを思い出した。

当時、何度かテニス部をやめようと思ったことがあった。どんなに努力をしても実力の差は埋められなかったし、何より自分が不甲斐なかった。しかしやめることができずに、惰性の三年間を過ごしてしまった。

あの頃から、逃げてばかりの人生だった。

才能のある先輩や後輩に引け目を感じ、うちに帰れば出来のいい家族に僻んでばかりで、肝心の自分自身と本気で向き合ってこなかった。

今やるべきことを精一杯やってみよう。

テニス部時代に欠けていたのは、決して才能なんかではなく自分の姿勢だったのではないだろうか。

大きく左右に首を振り、私は両頬を叩いて気合を入れた。

八

大きく深呼吸してから、宮口が住んでいた部屋のドア横のチャイムを押す。

『どちら様ですか』

インターフォンから女性の声が聞こえてきた。

宮口は恋人の恵が借りたマンションに転がり込んで同棲をしていた。

「田沼です」

インターフォンのボタンを押してそう答えた。

連絡もせずにいきなり来たので、恵に怒られるのではないかと心配だった。そもそも宮口の自殺が、私への借金と無関係だったとは思えない。いきなり水を掛けられるような展開も覚悟はしていた。

『どちらの田沼さんですか』

間の抜けたような声が聞こえてきた。

「宮口さんにお金を貸していた、田沼です」

『ちょっとお待ちください』

途端に口調が変わり空気が俄《にわ》かに緊張する。

私が歓迎されていないのは確かだった。しかし私は宮口の債権者なので被害者でもある。あわよくば恵が宮口の代わりに、また借金を払ってくれないかと願ってはいた。

「ご焼香をさせて頂きたく伺いました」

部屋を片付けているのか、ドア越しにガタゴトと大きな音がした。暫くするとドアが開いて、灰色のパーカーと黒のジャージを着た女性が現れた。電話やSNSのメッセージでもやり取りをしたことはあったけれども、恵に会うのはこれが初めてだった。

「どうぞ」

ぶっきらぼうに恵は言った。

「お邪魔します」

玄関にハイヒールやサンダルが脱ぎ捨てられていた。宮口のものと思われるスニーカーと革靴の間に、脱いだ靴を揃えて並べる。

「散らかってますけど」

少し恥ずかしそうに俯いた恵は、化粧っ気がなく全くのすっぴんだった。年齢は三〇代の半ばぐらいで、キャバクラで働いているような華やかさはなく、ちょっと派手なおばさんという感じだった。

「すいません。連絡もなく押し掛けてしまいまして」

私の言葉に無言で頷くと、恵は部屋の奥へと手で示した。

廊下の左側に風呂場とトイレが並んでいて、その突き当たりにリビングがあった。リビングの片隅に小さなテーブルがあり、その上に黒い額縁に入った宮口の写真と菊の花、そして香炉とおりんが置かれていた。

「本当にお亡くなりになったんですね」

しんみりと呟くと恵はため息混じりに肯いた。黒い額縁の中の宮口は、何事もなかったように微笑んでいる。

「お骨はどちらにあるんですか」

骨壺が入っているはずの白い布に包まれた箱が見当たらなかった。

「親族の方が持っていきました。田舎では盛大なお葬式が開かれたそうです。私は行きませんでしたけど」

恵は目元を押さえる仕草をする。

「そうでしたか。自殺とお聞きしましたが、どちらで亡くなられたんですか」

ぐるりと部屋を見回した。手狭なこの部屋の中には家具や洋服が雑然と置かれていて、首を吊れそうなスペースはない。

「それは、……電車に飛び込んだんです」

「そうだったんですか」

本人確認は誰がやったのか。もしもぐちゃぐちゃになった恋人の死体を見たとすれば、一生忘れられないトラウマになってしまう。

「それではご焼香をさせていただきます」

「よろしくお願いします。故人も喜ぶと思います」

写真の前に正座をして、ポケットから数珠を取り出した。恵も斜め後ろに同じように座り、一緒に写真の宮口を見た。私は左手に数珠を持ち替えて写真に向かって頭を下げ、写真が置かれたテーブルの周りを見回した。

「えっと、お線香はどこですか？」

香炉もおりんもあるのだけれども、肝心のお線香が見当たらなかった。

「あ、すいません。ここにあります」

恵は机の引き出しからお線香の入った箱を取り出し、テーブルの上にそっと置いた。

箱からお線香を一本だけ取り出して、改めて写真の宮口と向き合った。

宮口がホストをやっていたことを思い出した。よく見れば端整な顔立ちをしているので、昔は人気があったのかもしれない。しかし見栄っ張りのところと金遣いの荒さがホストを辞めても直らなくて、こんな最期を迎えてしまった。

お線香を片手に、もう一度テーブルの周辺を見回した。

「すいません。何か火を点けるものを貸していただけますか」

本当は仏壇のろうそくに火を灯し、その火から線香を点けるのがマナーだったが、ろうそくは立てられていなかった。そうなるとマッチやライターで直接線香に火を点けるしかないのだが、私は煙草を吸わないのでライターを持っていなかった。

「ああ、すいません。ライターを探してきますから、ちょっと待ってください」

恵は慌てて立ち上がり、玄関の方に消えていった。

私もテーブルの周りにライターがないか探してみる。しかしここでお線香をあげた人はいなかったようで、香炉の中には線香の燃え滓《かす》が全くなかった。

恵もここでお線香をあげなかったのだろうか。

ライターを持ってきてくれるのを待つしかないかと思った瞬間、背後で言い争っているような気配がした。すぐに立ち上がり声のする方へ行ってみると、トイレの前にいた恵の背中が見えた。

その背中の向こうに話し掛ける。

「宮口さん。自殺だなんてやっぱり嘘だったんですね」

その後宮口は、何度も土下座を繰り返した。

本当は怒らなければいけないのだが、あまりのバカバカしさで笑ってしまいそんな気分になれなかった。

「宮口さんが生きていてくれて本当に良かったです」

そう言った瞬間に、不覚にも目から涙が零れ落ちた。

私が貸したお金のせいで自殺してしまったと思っていたので、つかえていた澱《おり》が一気に吐き出せたかのようだった。常連客には旧い友達のような親しみがあって、不幸にはなって欲しくなかった。

「借金はまた私が払いますから、今回の件は勘弁してください」

恵がそう言ってくれたので、私はマンションを後にすることにした。

部屋に残った二人はその後大喧嘩になったかもしれないけれども、それでもあの二人はこの後も、腐れ縁のような関係をずっと続けていくことだろう。


腕の時計を確認すると、午後八時を回ったところだった。不在だったらどうしようかと思っていたが、目指すべき部屋の灯りが白いレースのカーテンを照らしていた。宮口の問題が解決し元気を取り戻したので、もう一つの案件も一気に片付けることにした。

チャイムを鳴らすとドアが開いて、中からスエット姿の眉毛の薄い女が現れた。

「遠山美奈代さんですね」

薄い眉毛の間に皺を寄せて女は私の顔をじっと見た。

「どちら様ですか」

玄関に足を踏み入れドアを閉められないようにすると、息がかかる距離まで顔を近づける。

「神田法律事務所のものです」

私は美奈代の顔を免許証で知っていたけれど、美奈代は私の顔を見たことはない。

「法律事務所の人が、こんな時間に何の用ですか」

美奈代は怪訝な表情のままだった。神田法律事務所と言われても、思い当たることがないのかもしれない。

「あなたはうちの事務所を騙って詐欺を働きました。大沼と名乗る個人からお金を借りたのに、債権を放棄させようとしましたよね。そのせいでうちの事務所は大変な迷惑を被りました。美奈代さん、この責任を取っていただけますか」

「責任だなんて」

美奈代の顔が強張った。

「民事裁判を起こして、あなたに損害賠償請求をさせていただきます。刑事事件としても、警察と相談してあなたを詐欺罪で告訴しますので、これから一緒に警察まで同行してください」

美奈代は大きく目を見開いて、あたふたと両手を大きく左右に振った。

「ちょ、ちょっと待ってください。裁判とか詐欺罪ってどういうことですか」

「個人間金融は合法的な融資ではありませんが、最初から騙し取るつもりでお金を借りれば、その行為には詐欺罪が適用されます。詐欺罪は刑法二四六条で一〇年以下の懲役に処されます」

詐欺罪は罰金刑がなく、いきなり実刑になることもある重罪だった。

「違います！　借りた時は、ちゃんと返そうと思っていました。だけどある人から、返済しなくていい方法があるって言われたんです」

「あなたは警察の名前も騙りました。これは相当に悪質な行為でもあります」

「そんな、勘弁してください。私は唆《そその》かされただけです。私の意思でそうしたわけではありませんし、電話やメッセージを送ったのも私じゃありませんから」

美奈代は涙目になってそう叫ぶ。

「じゃあ、誰が実行犯なんですか」

「金田さんです」

「金田さんって誰ですか？」

「別の個人間金融の人です。その人が他の個人間金融を全部チャラにしてくれると言うから、私は金田さんから新しくお金を借りたんです」

師匠が予想した通りだった。私を嵌めたのは、同じ個人間金融の人間だった。

「だけどその金田という名前は偽名ですよね。携帯番号や銀行口座も本人名義じゃないでしょう。やはり私どもとしては、あなたに損害賠償請求をするしかありません」

「お金は払います。その代わり警察に行くのは勘弁してください」

「追加分の利子、迷惑料、それに私どもにかかった弁護士経費なんかもありますから、金額はかなり膨らむかもしれませんよ。今のあなたに、そんな大金を払うことができますか」

美奈代をじっと睨みつけた。

「いくらですか？　金田さんから借りたお金で足りますか」


ファミレスに遅れてやってきた師匠がコートを脱ぐと、エトロのペイズリー柄のスカーフが目に入った。師匠はソファーに座ると、早速タブレットで今日のデザートを物色する。一足先にやってきた私の前には、食べかけの「塩キャラメルバナナパフェ」が置かれていた。

「遠山美奈代の件、うまく行ったらしいじゃないの」

美奈代から回収したお金は貸し付けた金額の倍以上になった。ついでに金田の携帯の電話番号も聞き出したので、本当の神田法律事務所に金田のことを連絡した。

「ありがとうございます。これも師匠のおかげです」

神田法律事務所は金田の携帯に警告文を送ると言ったので、肝を冷やすことにはなるだろう。

「まずは今月の返済分をいただこうかな」

師匠がタブレットで「あまおう苺とピスタチオのパフェ」をオーダーすると、私は現金の入った封筒を鞄から取り出した。師匠はそれを受け取ると、中に入っていた一万円札を人目も憚らず数えだした。

「確かに」

最後の一枚をパチンと弾くと師匠は封筒を鞄に入れて、替わりに白紙の領収書の束を取り出しボールペンを走らせる。

「師匠は今まで、客に自殺されたことはありますか」

ボールペンを持つ手が止まり、師匠はこちらをチラリと見た。

「そんなことはしょっちゅうよ」

すぐに視線を戻し、領収書を書き終える。

「実は私の客で狂言自殺をした人がいたんです」

さすがの師匠も狂言自殺をされたことはないようで、宮口のエピソードを面白おかしく話すと、大きな口を開けて笑ってくれた。

「へー、そんなことがあったんだ。まあ借金も回収できたことだし、結果的には良かったわね」

ウエイトレスが「あまおう苺とピスタチオのパフェ」を運んできた。

「ところであんた、そろそろ私の知り合いの探偵を紹介しようか。そのぐらいの金は貯まったでしょ」

最初に師匠からそう提案された時は、『お金が貯まったらお願いします』と返事をしていた。

「その件ならば、必要なくなりました」

「どうして？」

「ちょっとした偶然が重なって、娘の居場所がわかったんです」

片っ端から電話を掛けて必死に調べてみても見つからなかったのに、ひょんなきっかけで居場所がわかってしまった。

「それは良かったわね。じゃあもう娘さんとは会ったの？」

「一人だけの時を見計らって、こっそり会ってきました」

「そうなんだ。娘さんは元気だった？」

彩奈の話をしたら、花のことを思い出した。

「はい。だけどちょっと切ない事件がありまして」

行方不明中の御手洗と施設に預けた花のことを話すと、師匠は顔を曇らせて頬杖をついた。

「父親は、一体どこに行ったんでしょう」

その後も御手洗の消息は、全くわかっていなかった。

「少なくとも日本にはいないだろうね」

師匠はパフェグラスにスプーンを突き立ててそう言った。

「そうなんですか。じゃあ海外で、一体何をやっているんですかね」

「現地でパスポートを取り上げられて、振り込め詐欺の電話を掛けさせられたりしているか、それとも軟禁状態の施設の中で長期の肉体労働をさせられているか。だけど子供に何の連絡もないのなら、もっと酷いことになっているかもしれない」

「酷いってどんなことですか？」

「それを訊いてどうするの」

サングラスの奥の師匠の目を見て、私は息を呑んだ。

臓器売買という言葉が脳裏を過ったが、氷のような目をした師匠に睨まれて、それ以上は訊けなかった。

「まあとにかく大事な客は金を回収するまで、きちんとフォローしなければ駄目ってことよ。私がこうして沼尻と会っているのも、あんたが飛ばないように監視している意味もあるからね」

師匠は領収書を束から切って私に渡した。

「私は大丈夫です。個人間金融の仕事もだいぶ要領がわかってきましたから。特にシングルママ向けの融資が絶好調で、人手さえあればもっと稼げるんですけどね」

「あんたも、そろそろパートナーを探したら？」

師匠は大きく口を開けて、真っ赤なあまおう苺を口の中へ放り込んだ。

「パートナーですか」

「そうよ。シングルママ向けの融資を、誰かと組んでもっと手広くやればいいじゃない。一緒に仕事をしてくれる信頼できるスタッフを探してみたら」

そんなことは考えたこともなかった。確かにもう一人スタッフがいれば、処理しきれない新規の申し込みにも対応できる。

「そしたら私がもっと融資をしてあげるから。あんたは利子を低く設定しているから、もっと手広くやらないと駄目なの。誰か組めそうな人はいないの」

「私は友達も少ないですし、ソフトとはいえ闇金をやりそうな知り合いは思いつきませんね」

「バカね。あんたの友達なんか当てにしていないわよ。あんたが金を貸している客の中で、返済に行き詰まっている人はいないの？　かつて私が、あんたをこの業界に誘ったようにね」

何人かの顧客の顔を思い浮かべた。

「若くて美人のシングルママは風俗で働けば何とかなるけど、それ以外は闇バイトの犯罪行為に手を染めるか、海外でもっとやばい仕事をするしかないの。それだったらソフト闇金をする方が、よっぽどましだと思うでしょ」

御手洗のことを思い出した。

もしも御手洗が帰ってきたらこの仕事を手伝ってもらおう。そうすれば花と一緒に暮らせるはずだが、果たして御手洗は帰ってくるだろうか。

宮口、桃田、辻本など、他の顧客のことも脳裏を過った。みんなお金には苦労しているが、ソフト闇金をやってみようと思うだろうか。時間に縛られずに仕事ができるので、乗ってくる人はいるかもしれないが、果たして信用できるだろうか。

「それは男の方がいいですかね」

「別に。優秀ならば男でも女でも、性別なんか関係ないと思うけど」

九

電車が郊外にある小さな駅に到着した。

駅から彩奈が住んでいるアパートまで一〇分以上も歩かなければならないので、余裕を持って出掛けたのだがさすがにちょっと早すぎた。

《一緒にソフト闇金、個人間金融の仕事をやりませんか？》

師匠に言われて客の中で信頼できそうな人物を当たってみた。

しかしタネ銭を渡した途端に持ち逃げしそうだったり、闇金と聞いて怖気づいてしまったりと、なかなか適当な人物がいなかった。やっぱりパートナーなんて見つからないと諦めかけた時に、ふと良いアイデアが閃いた。

私の戸籍上のパートナーに、個人間金融業のパートナーにもなってもらえばいいのではないか。

なんだかんだ言いながらも、あいつがお金で苦労しているのは間違いない。

個人間金融はグレーなところに目を瞑れば、平均的なサラリーマンぐらいはすぐに稼げる。その辺のメリットを説明すれば、意外と乗ってくるんじゃないだろうか。私たち夫婦の関係がこんなにもこじれてしまったのは全てはお金が原因で、それさえ解決すれば意外とうまくいくのではないか。

腕の時計を見ると、まだ八時三〇分にもなっていなかった。

ゆっくり歩いて時間を潰しながら行くしかないと思い改札を抜けると、見事な桜のトンネルが出迎えてくれた。

この駅前の商店街は桜並木で有名だった。満開を迎えたピンクの花が咲き誇っていて、思わず見惚れてしまう。行き交うたくさんの人々も満開の桜にため息を吐き、スマホで写真を撮っていた。黄色い街灯に照らされたピンクの夜桜は実に幻想的で、異世界に紛れ込んでしまったような気分になった。

こんなに美しい桜をまじまじと見るのは何年ぶりだろう。

仕事のトラブルに始まって、借金地獄、彩奈の連れ去り、そして最近は個人間金融のトラブルに追われて、周りが全く見えていなかった。しかし春夏秋冬と季節は確実に巡っていて、私が忙殺されている間にも、桜は何度も見事な花をつけそして惜しげもなく散っていったことだろう。

桜を堪能しながらピンクのトンネルの中をゆっくりと歩いていく。

そして、これから起こるであろうことを考える。

事前に連絡はしておいたが、私を見た瞬間にあいつはどんな顔をするだろう。仕事の内容を説明したら、納得してくれるだろうか。お互いのわだかまりを払拭したら、親子三人でやり直すことも選択肢の中に入れていた。

先日こっそり会いに行った時に、彩奈の意思は確認しておいた。彩奈は「パパとママと三人で暮らしたい」と言ってくれた。以前の私だったら絶対に受け入れられなかっただろうが、御手洗と花の一件から考えが変わった。どうすれば彩奈が幸せに暮らせるか、それを一番に考えよう。

桜のトンネルが途切れたところで足を止め、彩奈が住んでいるアパートの位置をスマホの地図アプリで確認する。ゆっくり歩いてきたつもりだが、アパートはもう目と鼻の先だった。

その時、一陣の風が吹きつけて思わず目を瞑った。

私の髪の毛を逆立てた悪戯好きの突風は、地面に落ちた花びらも舞い上げて見事な桜吹雪を降らせてくれた。明日から天気が崩れるとのことなので、ここの桜も今夜が見納めだろう。

ちょっと気になることもあった。

ここ数日、あいつから送られてきていたメッセージがちょっと変だった。仕事ばかりか体調もあまり良くないようで、精神的に弱っているような感じだった。しかし私の方も宮口、御手洗、遠山美奈代と、立て続けにトラブルが起こっていたので返事をするのを忘れていた。

わざわざ会いに行っても、精神的に病んでいてまともな話し合いができないのではないか。借金が原因で精神を害してしまう人は結構いる。そして借金を苦に鬱病になり、自殺してしまう人も少なくない。

嫌な予感で胸がざわつく。

モルタル二階建てのアパートが目に入った。

その一階の真ん中の部屋に、彩奈たちは住んでいた。部屋の灯りを見て、ほっと胸を撫でおろす。小学生がいる家なので、この時間に留守ということはあり得ないと思ってはいた。しかし部屋にいることがわかると、今度は違った意味で緊張する。うまく話が通じて、納得してくれるといいのだけれども。

アパートの敷地内に入ると銀色の郵便受けがあったが、彩奈の部屋の郵便受けには名前が書かれていなかった。ゆっくり共用スペース内に足を進めて玄関の前に立ち、ドアの表札を見た。しかしそこにも何も書かれていなかった。

本当にここに彩奈が住んでいるのか、少しだけ不安になった。

ここ数日で、引っ越してしまったりしていないだろうか。

杞憂とも言える妙な妄想が、次から次へと脳裏に浮かぶ。

心臓の鼓動が高鳴ってきて、期待と不安で胸が押し潰されそうだ。耳を澄ますとドア越しにテレビの音と子供の笑い声が聞こえてきた。軽く顔を叩いて気合を入れて、ドアの横にあったボタンを押した。

薄いドアの向こう側から、チャイムの音が漏れ聞こえる。そして足音が近づいてきた。目の前の玄関のドアには覗き穴があるから、部屋の中から私の顔は確認できるはずだ。

その時、人声がしたのでアパートの敷地の入口に目をやると、大学生風の三人の男がコンビニの袋をぶら下げながら近づいてきた。袋の中にビールとおつまみが見えたので、このアパートの住人が友達を連れてきたのだと察しがついた。狭いので端によって通路を空けると、男たちは軽く会釈をしながら私の脇を通り過ぎ、隣の部屋の中に消えていった。

再びドアの前に立って待ったが、ドアが開く気配がない。しょうがないのでもう一度チャイムを鳴らし、顔が良く見えるように覗き穴の真正面に立った。

それでもドアは開かなかった。

まさか居留守を装うつもりなのか。

私はドアをノックする。ドアを挟んで人が動く物音がしたので、そこに人がいるのは間違いない。

「すいません。ドアを開けてください」

今度はチャイムを鳴らしながらドア越しに言った。

「とにかく話がしたいです。このドアを開けてください」

ドアを軽く叩いたつもりだったが、思ったよりも大きな音がしてしまった。やがてチェーンが外れる音がしてドアがゆっくりと開いた。

「久しぶり」

作り笑顔でそう言ったけれども、血走った二つの眼は私を睨んだままだった。

「いきなりやってきたから、びっくりしてるよね。でも今日は話し合いをしたいので、家の中に入れてもらってもいいですか」

　相手を逆上させないように、丁寧に言葉を選んでそう言った。

「とにかく立ち話もなんなので、中に入れてください」

　しかし首を左右に振るばかりで、部屋に入れる気はなさそうだった。

「しょうがないな」

　思わずため息が漏れてしまう。しかし混乱している事情もよくわかる。一つずつ順番にきちんと説明しないと、今の状況は理解できないだろう。

「用件は二つあります。一つは彩奈の親権のことです。お互いに意地を張り続けるのはやめて、彩奈にとって一番いい方法を考えよう」

　努めて冷静に言ったつもりだったが、私の言葉など一切聞こえていないかのように反応がなかった。

「もう一つは仕事のことです。SNSでも伝えましたがいい仕事があります。私と一緒に個人間金融をやりませんか」

「言っている意味がわかりません」

　血走った眼の下から、やっと声が発せられた。

「事情が呑み込めないのも無理はない。きちんと順序だてて説明しようか」

　頭の中を整理する。どうやって説明すれば、この状態をわかってもらえるだろう。

「貴代。おまえは去年の秋、もうすぐハロウィンっていう頃に、個人間金融でお金を借りたよね」

縦に首を振りつつも、警戒の色は消えていない。

「そしてその金額が四〇万円になってしまった。一時は風俗で働くことまで考えたけども、何とか凌いでやってきた。しかしここにきてまた体を壊してしまい途方に暮れていたら、お金を借りた人物から個人間金融の仕事を一緒にしようと誘われた」

「どうしてあなたが、そんなことを知っているんですか」

腕の時計をちらりと見た。

「約束の時間よりちょっと早くなってしまったけれど、今日はその仕事の相談をしに来たんだよ」

「ちょっと待って。私がお金を借りたのは未奈美さんです。未奈美さんはどこにいるんですか」

貴代は血走った眼で私の背後を窺ったが、もちろん私以外の誰かがそこにいるわけもない。

「貴代が個人間金融でお金を借りたのは小沼未奈美さんだよね。そしてその未奈美さんというのは、実は俺だったんだ」

貴代の目と口が大きく開かれ、あうあうと声にならない声を上げた。

「性別が違うんでピンとこないかもしれないけど、小沼未奈美は俺が個人間金融をやる時のハンドルネームの一つなんだ」

「嘘だ」

「嘘じゃないんだ」

私は携帯を取り出して、今までのやり取りの履歴を表示させて貴代に見せた。

「これで理解できたかな」

「そんな馬鹿な。じゃあ、あなたは今までずっと私を騙していたの」

血走った眼が細くなり、射るような視線で睨みつけられた。

「騙すだなんてとんでもないよ。そもそも個人間金融をやっていた俺に、お金を借りようとしてメッセージを送ってきたのは貴代なんだよ。その時はこっちの方が驚いた。あんなに探しても見つからなかったおまえから、偶然とはいえ連絡が来たんだから」

ＳＮＳ広告を出していたので、あの当時にお金に困っていたシングルママは私の書き込みを目にする機会は多かったはずだ。だから私のところに貴代のＤＭが届いたのは、ある意味では必然だった。

「すぐに貴代だとわかったけれど、それを知らせる機会がなかった。そして今日まで来てしまったんだ」

部屋の奥からテレビの音が聞こえていた。彩奈の声はしなかったが、一体どこにいるのだろうか。

「じゃあお金のことで死ぬほど苦しんでいた私を、あなたは笑いながら見ていたということなのね」

「そんなことはないよ」

だから規定以上の融資を即決した。

「一時は風俗で働くことまで考えたのよ。しかもその仕事を紹介したのは、他ならぬあなただったなんて」

「それは誤解だ。風俗のことは訊かれたから答えただけで、一度も勧めたことはない。むしろそうならないように、陰ながら援助をしてきたつもりだった」

他のシングルママとは違い、貴代には風俗の仕事は勧めなかった。しかし変なお店に騙されて入店したら可哀想だと思い、正確な情報を提供しているつもりだった。

「許せない」

血走った眼に憎悪の色が滲んでいた。

「ちょっと待ってくれ。ここは彩奈のことも考えて冷静に話し合おう」

私たちの騒ぎに気付いたらしく、隣の部屋のドアが開き大学生風の男性がこちらの様子を窺っていた。

「やっぱり部屋に入ってもいいかな」

一歩足を踏み出すと、部屋の奥から小さな女の子が勢いよく駆け寄ってきた。

「彩奈！」

私は彩奈を抱きしめようと手を伸ばす。

「パパ！」

彩奈の声がした瞬間、長い髪の毛が視界を遮り、同時に腹部に激痛が走った。

痛みの部分に目をやると包丁が突き刺さっていて、白いシャツがみるみるうちに赤く染まっていく。

足から床に崩れ落ち、薄れゆく意識の中で彩奈の声だけが聞こえていた。

「パパ！　パパ、大丈夫！　死んじゃ駄目だよ。パパ」

◇

「ねえ、瞳。個人間金融の菅沼さんと連絡がつかないんだけど、何か知ってる？」

専門学校の休憩スペースで、岬はクリスピーサンドを齧りながらそう言った。

「ううん。私はもうお金は全部返しちゃったから」

瞳は自動販売機で買ったペットボトルのアイスティーを一口飲んだ。

「そうなんだ。困ったなー、明日までにどうしてもお金が必要なのよ」

岬は表参道の人気のヘアサロンで切ってもらった黒髪をかきあげる。

「いくら必要なの？」

「一〇〇万円」

「そんなに！　何に使うの」

思わず大きな声を出してしまい、瞳は周囲を見回した。休憩室の窓からは桜の樹が見えたけれども、花はすっかり散ってしまい早くも葉桜になりかけていた。

「彰の今月の売り上げが苦しくて、少しでも協力してあげたいの」

「まだホストクラブに通っているの」

瞳は軽いため息を吐いた。

「そうだよ。瞳はもう行ってないの？」

最初に岬をホストクラブに誘ったのは実は瞳だった。

「ホストクラブはすぐに飽きちゃったからね。それにカレシもできたことだし」

専門学生のカレシができた瞳は、デリヘルの仕事も辞めてしまった。

「だけどどうして、菅沼さんと連絡がつかないんだろう」

赤いゴテゴテのネイルをした指でスマホを操作しながら岬は言った。

「岬がお金を借りるって言っているのに、連絡が来ないの？」

「そうなの。この前も五〇万円借りて利子と一緒にきっちり返したから、私を避けているとは思えない。今朝もＬＩＮＥをしたんだけれど、やっぱり反応がないのよ」

岬は最近買い替えたばかりの最新型のアイフォンを見せる。

「ほんとだ。既読にもなってないね」

「他のところで借りてもいいんだけど、菅沼さんのところはやっぱり利子が圧倒的に安いからね。ねえ、瞳、どっか他に利子の安いところ知らない？」

地道に暮らすようになった瞳は、個人間金融など無縁な存在になっていた。

「知らないなー。だけど岬、大丈夫？　そのホストに騙されてるんじゃないの」

「騙されてなんかいないよ。だって私は彰の本カノだからね」

ホストといえども男なので、本当の彼女が欲しくなることはあった。ホスト業界ではそれを「本カノ」と呼んだが、その女性のことを本当に愛しているかどうかはそのホスト自身にしかわからない。

「彰からは、三年経ったら結婚しようって言われてるんだよ」

〈参考資料〉

『金融屋　借金漬けにされる消費者たち』笠虎崇（彩図社）
『仁義なき回収、堕ちていった女たち　闇金裏物語』金原猛（文春文庫）
『跋扈する新型ヤミ金』藤田章夫（ダイヤモンド社）
『最貧困シングルマザー』鈴木大介（朝日文庫）
『ビンボーになったらこうなった！』橋本玉泉（彩図社）
『督促ＯＬ　修行日記』榎本まみ（文春文庫）
『ぼく、街金やってます　悲しくもおかしい多重債務者の現実』テックル（ＫＫベストセラーズ）
『デリヘルはなぜ儲かるのか』松本崇宏（小学館文庫）

本書は書き下ろしです。
原稿枚数四〇五枚（四〇〇字詰め）。

〈著者紹介〉
志駕晃(しが・あきら)　1963年生まれ。第15回『このミステリーがすごい!』大賞・隠し玉作品『スマホを落としただけなのに』で2017年にデビュー。同作は北川景子主演で実写映画化。韓国でも映像化され、23年にNetflixで全世界公開された。『たとえ世界を敵に回しても』『絶体絶命ラジオスター』『オレオレの巣窟』ほか著書多数。

そしてあなたも騙される
2023年4月20日　第1刷発行

GENTOSHA

著　者　志駕 晃
発行人　見城 徹
編集人　志儀保博
編集者　茅原秀行

発行所　株式会社 幻冬舎
〒151-0051 東京都渋谷区千駄ヶ谷4-9-7
電話:03(5411)6211(編集)
03(5411)6222(営業)
公式HP:https://www.gentosha.co.jp/

印刷・製本所　中央精版印刷株式会社

検印廃止

ISBN978-4-344-04087-8 C0093

この本に関するご意見・ご感想は、
下記アンケートフォームからお寄せください。
https://www.gentosha.co.jp/e/